一刻不停地看着窗外的风景。

外的风景十分单调，天地一片洁白。其实即使有美丽的景致，
也根本无心欣赏。雪越下越大，雪下得天昏地暗。以前河
往来的车流人流现在似乎也被冻僵了，影子也没有。

会儿，窗台太凉了，他不会来的。妈妈走到美惠的房间，

一定来的。说好下午三点准时出现的。现在离三点还
美惠头也不回，继续看着窗外。

一下美惠，你这傻孩子，他说两点，可你们约时
想到会下这么大的雪呀。今天连公交车出租车

飞来啊？

笑。他昨天说过的，就是天上下刀子他也会来。

不是下刀子呢。美惠又把头扭向了窗外。

和他认识的。美惠平时是很少上网的，只
的空挡妈妈才给她一个小时的上网时间。

过了春节就要向高考冲刺。跟班上其他
已经够幸运了。

惠的"宽容"是有原因的。妈妈对美
疚。

候在一个下雪
骨折了。因
留下了后遗
腿和右腿
一致，有
，而且
特别是
候，
来有

WEI YUEDU
微阅读
1+1工程
1+1
GONG
CHENG
第一程

雪上的舞蹈

魏永贵

百花洲文艺出版社
BAIHUAZHOU LITERATURE AND ART PRESS

图书在版编目（CIP）数据

雪上的舞蹈／魏永贵著．—南昌：百花洲文艺出版社，2013.5(2018.12 重印)

（微阅读 1+1 工程）

ISBN 978-7-5500-0625-6

Ⅰ.①雪… Ⅱ.①魏… Ⅲ.①小小说—小说集—中国—当代 Ⅳ.①I247.8

中国版本图书馆 CIP 数据核字（2013）第 099357 号

雪上的舞蹈

魏永贵　著

出　版　人：姚雪雪

组稿编辑：陈永林

责任编辑：赵　霞　鲁丽娜

出　　　版：百花洲文艺出版社

发行单位：全国新华书店

印　　　刷：北京柯蓝博泰印务有限公司

开　　　本：700mm×960mm　1/16

印　　　张：12

版　　　次：2013 年 8 月第 1 版

印　　　次：2018 年 12 月第 3 次印刷

字　　　数：127 千字

书　　　号：ISBN 978-7-5500-0625-6

定　　　价：29.80 元

赣版权登字：05-2013-220

网址：http://www.bhzwy.com

图书若有印装错误，影响阅读，可向承印厂联系调换。

前　言

以"极短的篇幅包容极大的思想"，才能够以小胜大，经过读者的阅读，碰撞出思想的火花，震撼人的心灵。正因为这样，微型小说成为一种充满了幽默智慧、充满了空灵巧妙的独特文体。

如果说在二十一世纪的头一个十年，是互联网大大改变了我们的生活，那么在我们正在经历的第二个十年里，手机将更为巨大地改变我们的生活。如今，以智能手机为平台，正在构成一个巨大的阅读平台。一种新的阅读方式正不知不觉地走进大众的生活。一个新的名词就此产生，它便是"微阅读"。微阅读，是一种借短消息、网络和短文体生存的阅读方式。微阅读是阅读领域的快餐，口袋书、手机报、微博，都代表微阅读。等车时，习惯拿出手机看新闻；走路时，喜欢戴上耳机"听"小说；陪人逛街，看电子书打发等待的时间。如果有这些行为，那说明你已在不知不觉中成为"微阅读"的忠实执行者了。让我们对微型小说前景充满信心和期待的是，微型小说在微阅读的浪潮中担当着极为重要的"源头活水"。

肩负着繁荣中国微型小说创作、促进这一文体进一步健康发展的责任和使命，微型小说选刊杂志社推出了"微阅读1＋1工程"系列丛书。这套书由一百个当代中国微型小说作家的个人自选集组成，是微型小说选刊杂志社的一项以"打造文体，推出作家，奉献精品"为目的的微型小说重点工程。相信这套书的出版，对于促进微型小说文体的进一步推广和传播，对于激励微型小说作家的创作热情，对于微型小说这一文体与新媒体的进一步结合，将有着极为重要的作用和意义。

编者

2014 年 9 月

目　录

句 号

每一次从刑场下来，老安都会去市区一家洗浴中心，泡一个痛痛快快的澡，洗去一身的晦气。

老安是 A 市一名年轻的法医，穿警服的医生。除了鉴定伤情、解剖尸体，他还有一项重要的工作：画圈。给死囚的生命画上句号。

行刑现场，死囚在法警的枪口下跪立。戴口罩和手套的老安会掏出听诊器，在死囚的后背找出最接近心脏的部位，然后用粉笔画出一个圆圈。随后，法警的子弹会从那个圆圈进入。之后，老安会再一次用听诊器检查死囚的生命体征。证实死囚没有丝毫生命迹象之后，再在死囚执行书上签字。到此，老安的工作算是告一段落。

老安是一个十分敬业的人。虽然他穿着警服，但他实际上还是一个医生。救死扶伤、挽救生命本是一个医生的天职，他却要不时地给一些人画上生命的句号。这是让老安困惑了许久的一个问题。时间一长，老安似乎接受了这样一个事实：作为终结罪恶生命的人，他觉得让一个死囚怎样迅速无痛苦地死去，才是最大的人文关怀。要做到这一点，对老安而言，就是要迅速准确地把死囚心脏的位置给标出来。

老安于是痴迷上了对人体心脏位置准确测定这个命题。他阅读了大量关于心脏医学的书籍，查阅并掌握了众多人体解剖中心脏位置的些微差异和判断。老安开始撰写长篇论文《关于死囚执刑中心脏位置的 N 种判定》。

那一天，老安执行一次死囚行刑任务后又到洗浴中心泡浴，当时他的情绪很有些波动。此前半个小时，他给一个即将被执刑的女囚后背画圆圈的时候，怎么也没有想到，那个妖娆的女子会回头看一眼，而且嫣然一笑。

那一刻，老安手中的粉笔差一点掉了下来。

老安看到了世界上最绝美的一笑。

老安随后还听到了那个女子的一句话，那句话是一边微笑着说出来的：警官，你的手在我后背好舒服啊……

老安是迷迷瞪瞪从刑场回来的。直到他一丝不挂走进有些发烫的水池中，还在回忆刑场上那女子的一笑。这时候一声炸雷在耳边响起：你小子找死吗?!

老安的脸上同时挨了一巴掌。老安惊醒过来，发现面前的池水中是个一堵墙似的胖家伙，浑身绘满了张牙舞爪的龙。老安疑惑地看着眼前这个大黑龙，旁边一个瘦子说话了：看什么看，你不想活了，把水溅到龙哥身上了!

老安知道自己此刻处于劣势，因此选择了忍让，退到了水池的一个角落。这个叫龙哥的家伙的后背上也有一条龙，根据经验判断，龙眼睛正好在他心脏的位置。老安想，如果此刻枪毙这个恶人，就可以省去在他身上画圈的手续了，照着他后背的"龙眼"来一枪，就万事大吉了。老安这么一想，似乎抵消了刚才那一巴掌的羞辱。

老安关于死囚心脏位置判定的论文的撰写接近尾声了。他还需要一个实例就可以结束论文了。

这一天，机会来了。

领导很郑重地告诉他，明天要执行一名罪大恶极的死刑犯，而且也是最后一次执行枪决，以后执行死刑要改用药物注射了。

老安说请领导放心，一定会圆满完成任务。

老安要圆满画一个圈。最后一个句号。

老安要把这一次死刑心脏检测的过程写进论文的结尾，给论文画一个圆满的句号。

第二天上午老安准时出现在阳光灿烂的刑场。一个膀大腰圆的死刑犯被全副武装的法警押下了囚车。当老安的目光与这个面部肌肉纵横的死囚对视的时候，他在心里咯噔了一下：这不就是几个月前在洗浴中心遭遇的"龙哥"吗？

"龙哥"在指定的位置跪了下来。

老安没有先摘听诊器。凭着记忆，老安能准确找到"龙哥"后背上"龙眼"的位置。老安拍了"龙哥"后背一巴掌：你就是龙哥吧，记得半年前在泰华洗浴中心，是否打过一个人一巴掌？

"龙哥"回头瞅了老安一眼，似乎想起了什么，忽然又哈哈笑了：我杀人都懒得记了，还记得什么狗屁打人的事……哈哈哈！

老安哗啦掏出听诊器，边说：好，你，厉害！老安一边又拍了"龙哥"后背一巴掌。

老安十分专业地开始给"龙哥"测心脏。跳动最剧烈的地方，就是心脏位置的所在。老安十分自信地让听诊器匍匐在"龙哥"宽阔的后背那个记忆中的"龙眼"上。过了许久，老安没有测到心跳的声音。

奇怪。老安把听诊器听诊的范围稍稍扩大了。依然没有心跳的声音。

老安十分疑惑，他把听诊器收起来，准备检查一下，忽然，面前黑塔似的"龙哥"噗的一声栽倒了。

"龙哥"吓死了。

那一刻老安知道：自己论文的那个句号永远画不上了。

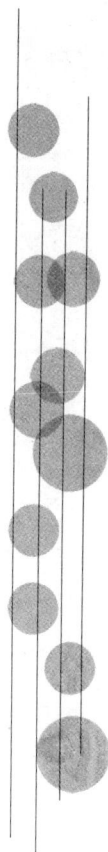

矮 五

挂在矮五嘴边最多的一句口语就是：我老婆说的。

比如说村里谁家有红白喜事，矮五帮忙完了，一身汗坐下来，别人给他倒酒，在喝了一杯之后，他就会把杯子翻过来，扣在饭桌上，开始吃饭。如果谁劝他再喝，他就会慢条斯理地说，我老婆说的，喝酒只能喝一杯。

有的人下一次给他倒酒的时候，就会给他一个大杯子，再倒满一杯白酒。他先看看，然后就一口喝了下去。结果饭吃到一半的时候，矮五就醉了。就摇摇晃晃走回家，一头倒在床上呼噜噜起来。

等矮五醒了的时候老婆就会问他：你昨天喝了几杯？矮五偏着头想一会儿，然后肯定地说：一杯。老婆就会劈头盖脸地说，你个猪，一杯怎么就醉了，肯定不是一杯。矮五说，就是一杯，不信你去问隔壁的老三，他给我倒的酒。

矮五老婆就去了隔壁。再进门槛的时候就说：你个猪，叫你只喝一杯，但你喝的是一个大杯。记住了，再喝大杯的时候就喝一半。

矮五就记住了，谁再用大杯子给他喝酒，他就会在别人倒了一半的时候捂住杯子口，看着倒酒的人说：我老婆说的，大杯子喝酒，只喝半杯。

矮五就没再醉过。

矮五还是在十几岁的时候突然得了一种病。就没再长个子，就说话慢腾腾走路慢腾腾了。村里人都说，矮五脑子叫药给整坏了。

脑子整坏了的矮五除了憨点慢点似乎并没有什么毛病。到了要结婚的年纪别人也给他介绍了一个女人。一个腿脚不太顺当还带着一个儿子的女人。后来就成了矮五的老婆。

结婚的第二天，有人说，矮五，你昨天晚上犁地累不累啊。

矮五说，我昨天晚上没有犁地。

说话的人知道跟矮五不能绕弯子，就又说：矮五，昨天晚上你跟媳妇谁先脱的衣服。矮五就说，我老婆说的，床上的事情不能说。

大家就笑了。一句歇后语就在村里传开了：矮五和媳妇睡觉——床上的事情不能说。

矮五有了老婆，脸上的笑就更多了。在地里干活，屁股就撅得更高了。矮五有时候牵着女人带来的儿子，去村头小卖部买糕点。有人就说：矮五，你舍不得吃舍不得喝，咋对人家的儿子这么实在呀。矮五就会说：我老婆说的，进了我的门就是我的儿，咋会是人家的儿呢，你真不会说话。

矮五丢下这句话，就把儿子架在脖子上，慢悠悠走了。

有时候村里人能听见矮五的老婆骂他。村里人就悄悄地问他：矮五，你老婆骂你是猪，你咋还笑眯眯呢。

矮五这时候依然会笑眯眯地说：我老婆说的，我长得黑，我属猪，我睡觉也打呼噜，所以就只能骂我是猪。

矮五说到这里，还会把鼻子拱一拱，快乐地哼几声。

矮五有了老婆，渐渐地胖了，穿的衣服，也渐渐有颜有色了。吃的饭菜，更是有滋有味了。

可是没有想到，这些有滋有味的日子会在一天结束了。

矮五身体本来不好的老婆，因为难产，死在了乡卫生院的产床上。

矮五就又变成单身汉了。一个带着儿子的单身男人。

有人说，矮五，这个儿子不是你的儿子，你的儿子死在你的老婆肚子里了。你养大了这个儿子，将来他还会去找他的亲爹，你不如现在就把他送回去。

矮五就会露出少有的生气的表情。矮五说：我老婆说的，进了门就是我的儿子，再送回去就是连猪狗都不如的东西。说完了这句话，矮五就恢复到了平常的表情，会问周围的人：我老婆说的，猪狗都不如的东西，究竟是什么东西呢。

有人就逗他：你以前咋没问你老婆呢。

矮五说，我是想问老婆的，但那天老婆在医院，说完这句话，就闭上了眼睛。

旁边的人就不再说话了。

矮五一个人带着儿子过了几年。后来就把儿子送进了学堂。

后来有好心的人给矮五说了一个女人。

跟女人见面的时候矮五摸着儿子的头，说：我老婆说的，再结了婚，找的女人，必须把这个儿子，当亲生的。

那个女人说，好。

矮五说：我老婆说的，再结了婚，再没有钱，也得供儿子，把书念成。

女人又说，好。

矮五说：我老婆说的，再结了婚，女人不能骂我是猪。

女人还说，好。

矮五一连说了一大串"老婆说的"。说到后来满头大汗。

女人掏出了一个手绢，悄悄塞到了矮五的手里。

矮五立即把手挪开了。

矮五说：我老婆说的，在外面，不能去碰，女人的手。

胖 三

　　胖三究竟是怎样爬上那截六十米高的烟囱的谁也不知道。又胖又笨的胖三平时走道也是直喘的，他怎么就撅着屁股自己爬上了高高的烟囱呢。

　　几个小时前胖三本来是在地上的。和工友兄弟一样，各自推着一小车准备煅烧的陶土毛坯子，穿行在厂区的环形水泥路上。那时候胖三心情不错还吹着口哨。

　　一声猝不及防的汽车喇叭突然在他身后炸起，胖三的口哨声便戛然而止了。胖三条件反射地回头看了一眼，心就哆嗦了一下。

　　车是王厂长的。王总经理的。王董事长的。

　　透过挡风玻璃胖三看见王厂长的脸比那辆车的外壳还要黑。胖三就急忙回头推手里的独轮车，希望赶紧给厂长的坐骑让出道儿来。

　　这时候刺耳的车喇叭又迫不及待地叫了。正在掌握平衡用力推车的胖三手一哆嗦，车就斜了。一车毛坯子就哗啦倒在路中间四分五裂了。豆大的汗珠子就从胖三脸上吧嗒吧嗒掉在毛坯子的碎片上了。

　　几个工友支好了自己的车立即过来帮忙清理，王厂长早立在身后吼开了：你真是个笨猪！有你这样干活的吗？你必须包赔损失！我还要扣你这个月的奖金！

　　王厂长叉着腰挺着肚子唾沫四溅。

　　路上的残片很快清理干净了。余怒未消的王厂长钻进汽车让司机开车，却忽然发现铁塔似的胖三抱着胳膊立在车头前了。

　　司机按了一声喇叭。胖三纹丝不动。

　　王厂长摇下玻璃：你找死啊！

　　胖三说你刚才说我包赔损失我没意见，你还说要扣我奖金那也没关系，可你刚才骂我笨猪侮辱了我的人格，你必须当着大伙的面儿向我道歉。

王厂长扑哧笑了：你小子是不是有病？我骂你怎么了？在这个陶瓷厂里我想骂谁就骂谁！王厂长上下扫了胖三几眼说，看看你浑身是肉反应迟钝未必能赶上一头猪，猪听见了喇叭还知道躲呢。你损坏了一车陶土坯子还有理了？

有几个工友就来拉胖三。

胖三挣脱了。胖三说大家听清楚了，王大厂长说我有病，而且又一次骂我是笨猪，请大家作证。胖三说告诉你王厂长，我到目前为止什么病也没有。我长得胖反应迟钝但并不影响工作。再说我的工作是计件制，干多干少是我自己的事。

胖三顿了顿，比画着车子——你的车如果不摁喇叭我就不会受惊也就不会摔坏陶土坯子。再说你自己定的厂规第十三条规定：非货运车辆不准进入生产加工区域，厂区内车辆不许鸣笛——错是先由你的坐骑引起的！

胖三稍微叉开了腿摆出了誓不罢休的姿势：所以，你必须向我道歉。

王厂长的脸紫了。掏出手机招来了几个保安，三下两下就把笨重的胖三架开了。厂长走的时候丢下五个字：你给我等着！

中午下班的时候工友们说说笑笑敲着饭盒去食堂，忽然就有人看见对面的大烟囱顶上有个黑乎乎的人影儿。

大伙惊呼：胖三！大家想不到，老实巴交的胖三还有这么一手。

厂里的头头脑脑和几百个工人撂了碗筷呼啦就围在了烟囱下面。

王厂长拿着喊话器向胖三喊开了：你找死啊快下来！摔坏的毛坯子不要你赔了也不扣你的奖金了！

烟囱顶上的胖三晃着吊在半空的腿。胖三居高临下直着嗓子说，尊敬的王厂长，该我赔的我一分也不会少，但前提是你必须向我道歉，并且保证今后不再骂我们这帮工人兄弟。

王厂长看了一眼黑压压的人群咬着牙帮不说话了。

保卫科长接着喊话了：胖三别得寸进尺敬酒不吃吃罚酒！你知道你的行为是什么？你这是扰乱社会治安破坏工业生产，再不下来后悔就晚了！

胖三说不答应我的条件我坚决不下来。至于说我的行为我比你清楚。我即使触犯了法律也是为了维护我的尊严！

哗哗哗。围观的工人拍起了巴掌。

僵持之间几辆警车和消防车开了过来。接踵而来的还有一辆新闻采访车。警察一边围着烟囱铺设海绵垫一边疏散围观的人。最后，一位警察局局长用喊话器催促胖三不要冲动自己安全下来。

胖三说我很冷静,我只要王大厂长向我赔礼道歉我就自己爬下来。

经过一阵磋商警察局局长又喊话了:王厂长答应赔礼道歉,但你必须信守承诺!

胖三说:好。

王厂长就又一次拿起了喊话器。陈三同志我不该骂你,我为我用言语侮辱你的人格正式向你道歉。

胖三说我听不清楚请你大声再重复一遍。胖三又说你还要保证今后不再骂我们工人兄弟。

厂长咬咬牙又大声喊了一遍。

厂长道歉和保证的声音布满了厂区的每一个角落。

骚动的人群静下来了。烟囱上的胖三稳稳地坐着。胖三说,我知道,我的行为违反了治安管理条例,拘留我的手铐警察大叔已经准备好了,但这一切是因你王厂长而起,所以等我进了拘留所,我的务工费伙食费必须由你出——现在,王厂长你也必须承诺……

围观的人群中爆发出了一阵笑声。

大家就去看王厂长。

王厂长紫着脸犹豫了一下,大声说:我——同——意!

胖三就在几百双眼睛的注视下爬下了烟囱。大家头一次发现,胖三下烟囱动作麻利一点也不笨,就连他落地后双手主动伸向警察手铐的时候,也是干净利索。

白　馍

小市场的拐角新开了一家小店。店的门脸，就是在迎街的那面墙上，开了个四尺见方的窗。窗的上方，有几个笨拙的字：手工大白馍。

店主是一个水灵的女人。

每天早起的人都会看见，女人一大早就在小店里忙活。发面，烧水，揉团，上锅……女人忙活的时候，滚圆的屁股高高地翘着，大白馍似的乳似要飞出来。

太阳一竿子高，女人就揭了锅，将热气腾腾的白馍，摆在了窗后案板上的竹筐子里。女人也不吆喝，就端坐在案板后面的竹椅上。

白馍的香，吸住了路人的脚。有一个人总爱拿一张整票子来买馍。在女人找钱的时候，他就咽着唾沫，直勾勾地瞅女人那对半露的乳。

这个人叫三柱。三柱眼睛不歇的时候嘴也不歇。

三柱说，你的大白馍真是白啊。

三柱又说，你的大白馍真是暄啊。

三柱还说，你的大白馍真是香啊。

女人笑着说，可惜了我的大白馍，进了你的臭嘴。女人说完就咯咯地笑。三柱有时候趁女人低头的一刹那出手，手指尖就触着了女人的乳。女人一闪，重重地打一下三柱的手。女人说，爪子痒小心哪天给你剁掉。

闲着的三柱，爪子是痒呢。不光是摸女人的乳，还去摸桌上的牌，还去摸人家园子的果……三柱横着的身子在小街白天黑夜地晃。

有一天关门晚了的女人走到一个街角，忽被一个喝了酒的人搂住了。一双冰凉的手就往女人怀里探。女人拼了命来挣开，几声尖叫，招来了几个穿制服夜巡的人。雪亮的电光晃在一张醉脸上。

是三柱。

穿制服的人说，怎么又是你？

就要带三柱走。

女人整了整衣服，扶着摇摇晃晃的三柱。女人说，没事，我们是闹着玩的。女人就扶着三柱走了。直扶到三柱临时的租房。

女人走的时候三柱说，你……真……好。

女人浅浅一笑，又叹一声，就隐在黑暗里了。

第二天三柱又来买馍。这一回低了头不敢看女人的眼。三柱走的时候女人多给了一个馍。女人说，醉酒了多吃几个馍好养胃呢。

女人日复一日在窗口里忙活。馍的香就在小街上袅袅地飘。

那一天下起了雨，女人守在窗口发呆。忽然就想到三柱已经两天没来买馍了。女人不时伸了脖子往街上看，细细的雨丝湿了女人的脸。

第三天女人忍不住去隔壁的店铺问了。女人说，那个鬼三柱哪儿去了？

店里就有人撇嘴：他还能去哪儿？那地方呗。女人有些不解：那地方是啥地方呀？那人说，那地方就是号子。自打他从厂子下来就闲着了。这不，闲出事来了。女人继续傻傻地问，因为啥呀他？

那人就笑了。那人说，还不是他手痒，这一回是摸人家小媳妇，进去了。进那地方吃一阵窝窝头，长长记性。

女人悄悄回到了店里。一天几乎没说几句话。

第二天女人只蒸了一锅大白馍。女人窗也没开。太阳半竿子高的时候，女人锁了门，把一小筐白馍拎出了店。

晌午的时候，女人到了拘留所。

穿制服的问，你要探视谁？

女人说，我来看吴三柱，顺便捎了几个馍。

穿制服的问，你是他什么人？

女人说，我是他……姐。

女人就见着了三柱。女人就把又大又香的大白馍堆到了三柱的面前。每一个白馍的顶儿上，都有一瓣红红的枣儿。

三柱的喉结就咕噜咕噜地滚。

女人说你吃，这是姐给你做的。

三柱用手在号服上蹭了蹭。就埋了头大口大口地吃。就大口大口地咽。

女人说你慢慢吃，吃完了姐明天再给你做。

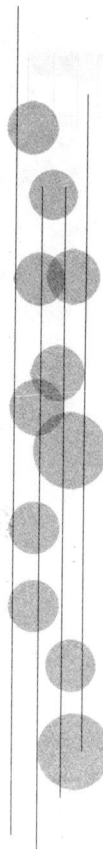

　　三柱的泪珠子就大滴大滴地落。

　　女人后来起身了。女人轻轻说，姐的店里还缺个帮手，如果你不嫌，姐就等你。姐的大白馍能管你吃呢。

　　女人拎了空筐走了。

　　坐着的三柱愣了一刻，忽然就把脸埋在了剩下的两只白馍中间，号啕大哭。三柱从来是不哭出声的。这一回，竟是哭得惊天动地。

　　女人走出了很远，还能听见。

瓦　解

　　电话铃儿响的时候老警正在呼哧呼哧吃方便面。电话里说派出所么，镇西头要出人命了。老警刚要问，那电话却挂了。所长开着所里唯一的吉普车带着几个人奔一个偷牛案去了。老警只好撂了冒着热气的碗，开着偏斗摩托车，歪歪扭扭去了镇西头。

　　远远地老警看见了黑压压的人聚了堆儿。一到集日，这样的人少不了。什么耍猴的卖药的抢便宜货的。老警熄了火，就听见两个男人互相吆喝着的声音。老警就使劲挤了进去。

　　老警一看见两个人只是互相揪着头发，悬着的心就落下来了，就把二人拽开了。

　　老警说二位跟我去一趟派出所。

　　二人中的胖子说：又没犯法，凭什么跟你走。

　　瘦子也说：我们的事，就在这儿解决，哪儿也不去。

　　老警说：你们在市场上打架斗殴已经到了我的职责范围。再说又不是耍猴把戏哪能让这么多人瞅。再说我还拎着所里的钥匙。再说我的饭还撂在桌上呢。

　　老警就用偏斗摩托把二人拉回了所里。

　　老警呼哧了一口方便面说：还行，还热着。老警一边呼哧一边说，你们有啥事说说，我的嘴忙着耳朵闲着呢。

　　胖子说这事很简单，我谈了一个朋友都四五年了，这小子突然插了一脚，简直就是欺人太甚。瘦子说恋爱自由，我俩好，犯哪条法，她又不是你老婆，是老婆还可以离婚呢。胖子说没有你这个第三者耍腕子，她才不会变心呢。瘦子说你也不想想自己有啥能耐，让人家永远跟你……

　　最后老警说，好了，我吃完了也听你们吵明白了，不就是为一个女人嘛。

13

老警说现在也不兴决斗，你们说说准备怎么办。老警打了一个嗝，又点了一根烟，悠悠地吸着。

胖子说我怎么也不会放弃，除非我死了。

瘦子说我喜欢她，没有她我还不如死了。

老警说看来这事还难办了，你们非得拼个你死我活么。

瘦子咕哝说你都快六十岁了，你知道个啥。

瘦子说完这话看见老警脸色变了就后悔了。

老警好久没有说话。老警后来突然灭了烟头拽起二人就走。胖子瘦子莫名其妙但一瞅老警的脸色只好跟着老警又上了偏斗摩托车。摩托车左突右拐钻了好几个巷子，最后在一堵土墙前面熄了火。老警又点了一根烟。老警一努嘴，说：那人你们认不认识。

胖子瘦子都说：谁？

老警说，还有谁，墙根下抠脚丫的那个老娘们呗。

胖子说这不是外地来镇上的疯婆么，谁不认识。

老警说，她年轻时是十里八乡的一朵花，可漂亮着呢，我都看着眼馋。说完这话老警又补充了一句：我那时也和你们现在一样年轻，胳膊腿可有劲儿呢。

胖子瘦子听了这话有些奇怪：后来呢？

老警说后来的事可就复杂了。后来两个男人中的一个把另一个男人杀了，杀了人的男人又被政府枪毙了。

就是为了这个女人。老警说，就是这个抠脚丫的女人。

老警说你们在这儿看吧，要是还有力气就再打一架，我还拎着所里大门的钥匙呢。

老警就把两个男人撂在一个抠脚丫的疯婆面前，就突突突发动偏斗摩托车，歪歪扭扭走了。

脸　面

　　王小六回老家的时候开了一辆半旧的小货车。

　　本来王小六是可以开一辆更好的车回家的。王小六在外面挣了钱，开辆好车回家可以好好露露脸儿。问题是回村的路坑坑洼洼，磕磕碰碰好车消受不起，而且最重要的是，小货车可以装些东西回家。

　　眼下，车厢里就装着一件重要的东西。

　　王小六已经三年没有回家了。三年前下学不久的王小六在路上"顺"了一辆破自行车，骑了不到五十米赶巧拉肚子，扔了自行车就钻进了路边的厕所。等他提着裤子出来的时候，丢自行车的李老二已经领着戴警帽的在外面等他了。后来王小六就在拘留所里蹲了七天。

　　本来王小六是可以不蹲号子的，可他必须交几百块钱的罚款。娘含着眼泪捏着一叠才借的钱去看王小六的时候王小六坚决不干。王小六说娘你一点也不会算账，我蹲了号子就不用交钱就省钱了，就等于硬生生赚了几百块钱，就等于在号子里打工了。娘说你个挨刀子的到这个时候了是钱重要还是脸面重要啊。王小六说在没有钱的时候脸面就不那么重要。

　　蹲了几天号子出来王小六还是考虑到了脸面。他就直接去了外面。几年工夫终于混了个人模狗样，三年后的腊月底就开了车回了家。

　　王小六加大油门把车开到坡上家门口的时候，正在喂猪食的娘叫了一声。接着眼泪鼻涕也下来了。娘说天啦你个挨刀子的你怎么又偷了人家的汽车回来呢。

　　王小六咧着大嘴就笑了。王小六说娘这车不是我偷的是我自己买的。王小六边说边掏出了一摞五颜六色的小本本。王小六说娘你看这些是我的证件，证明车不是偷的是我自己买的又自己开回来的。

　　娘就是不信。王小六在家待了两天，娘就抹了两天眼泪。

第三天王小六开着小货车去了镇上。转了小半天终于把小货车堵在了李老二的自行车前头。

李老二还是骑着那辆破自行车。李老二说小六子你出息了啊不做自行车生意改做汽车生意了。李老二说罢又补充了一句：只是别又赶上拉肚子了。王小六笑着说你说话怎么有股厕所的味道，骂人不揭短打人不打脸，都是哪辈子的事了。

李老二就呵呵地笑。

王小六踢了李老二的自行车一脚，然后给李老二点了一根烟。王小六说老二哥咱们商量个事，你的这辆旧车我收了，或者是算我买了，我也不会亏待你。瞧，我已经给你准备了一辆新车，还是市面上有牌子的。

王小六一边说一边就从小货车的后厢里搬出一辆还裹着包装纸的自行车。

这回轮着李老二笑了。李老二说小六子看来你是真出息了。人家都说为富不仁你却正好相反，你这是回家扶贫来了，宁愿做赔本的买卖呀。好人，你可真是个好人。

王小六说哪里我们都是乡里乡亲。一边又递给李老二一根烟。

这一次李老二没有接烟。

李老二说小六子你也太聪明大了。我知道你惦记我这辆破自行车是因为它总让你产生痛苦的回忆，这辆自行车一天不消失你就一天不安宁，是不是。你现在有钱了开始讲究脸面了，你想收回这个破自行车挽回你的脸面。可你光顾你王小六自己的脸面了。你也不想想，我用一辆破车换回一辆新嘎嘎的车，这事说出去，镇上的人岂不是骂我是占便宜的人，到时候我的脸面又往哪里搁。

王小六好半天说不出话来。

王小六最后说老二哥你把事情想复杂了我们再商量商量。

王小六说话的时候几乎有些哀求了，把着李老二的自行车不松手。

李老二拍了一把没有垫子的自行车屁股，弹簧哗啦直响。李老二说你大老远拉回来一辆新车却要跟我换旧车，你自己复杂还说我复杂。李老二有些不耐烦了，推着车准备走。李老二口气很硬地说王小六你把手拿开，张老四还等着我去打麻将呢。

王小六就松了手。

就看着李老二甩腿骑上了那辆破自行车东倒西歪地走了。

自行车咔嚓咔嚓的声音像刀子一样一下下扎在王小六的心里。

先 生

去校长家的时候校长正在喝酒。一个酒盅一盘花生米一瓶谷烧酒。

他说校长……校长眨了一下眼皮说不用说了我知道你是来交辞职书的，我知道你早晚要来的但比我估计的晚了些。他又说校长你看……校长说你不用说了我知道庙小装不了大和尚，再说每个月几百块钱养不了老婆孩子还经常拖欠还老是捐款什么的。他低着头说校长那我……校长说不用说了你把辞职书放在桌上你就可以走了。校长说走一个老师走两个老师都一样再说剩的学生也不多了。校长就挥挥手说走吧走吧我要喝酒。

他就把辞职书轻轻放在桌上。他就看见校长沾着粉笔灰的手在抖，筷子老也夹不住花生米。他就走出了山里就坐上了咯吱咯吱的三轮车就坐进了咣当咣当的火车一直向南。

挤进人流灰尘汽车楼房他敲开了大大小小的门。

先生您对电脑平面设计是否精通？先生您对现代舞美形态有何独到的见解？先生您对推销高科技产品可有过人的绝招？先生您的英语水平达到几级是否可以直接和外商谈判？

先生先生先生……

他对自己失望了。他把自己灌了个大醉摇摇晃晃找不到住处。他就撞进了一家四面全是玻璃里面全是美女的屋子。

女老板说先生您想舒服吗看您喝了那么多酒。女老板就喊了一声：阿香！他就被一个叫阿香的女人扶进了里面只有一张床的密不透风的小间。阿香说先生我给您泡一杯茶解解酒。他说我不要茶只要那个。阿香悄悄说先生不是本地人吧先生来这里做什么？他说你问这个干什么我是山里人你以为我不给钱是不是我来这里想找一口饭吃。阿香说先生这里的饭不好吃这里憋得人透不过气哪赶得上山里的空气。他就说空气再好也不能当饭吃钱才最重要

不为钱你会干这个吗你到底做不做？阿香就轻声说先生我今天身子不舒服先生对不起我给您揉揉腰捶捶背。他就任这个女人小巧的手揉着捶着。其实他喝多了酒什么也做不了他很快就睡着了。

先生先生先生。阿香后来摇醒了他。他说多少钱？阿香说先生您得给老板娘一百块。阿香就把他扶到了外边。老板娘接了钱说先生以后再来啊。他就被阿香送到门外。就听见阿香柔柔地说先生先生走好啊。

走在外面红的灯绿的灯紫的灯打在他的脸上。他稍稍醒了酒这才记起身上最后的一百块钱花掉了他不知道该到哪里去。他就毫无目的在夜的街上走了许久许久。后来他困了就去兜里摸烟却摸到一个纸包。他有些奇怪打开纸包里面却是六百块钱。他吓出一身冷汗左右看了一眼悄悄把钱塞回了兜里。他在扔那包钱的纸的时候突然发现纸上有用铅笔写的歪歪扭扭的字：先生您怎么来了这里？您怎么变成了这样？我是您从前在五十里冈的学生曾叶香，您肯定不记得了，因为我初中才念了半年就下学了再说我现在的样子也变了。您回家去吧那里有您的学生，还做您原来的老师吧。这钱是我挣的，它不干净老师不要嫌弃，老师用它回家吧。

他浑身打摆子一样，握纸的手上上下下地抖。

阿香阿香阿香。

他寻遍了四壁有玻璃的房子，找一个从山里来的叫阿香的。他要带她回山里。他找到了几十个涂着红嘴唇的阿香可就是没有他要找的阿香。

阿香阿香阿香阿香啊。

去校长家的时候校长还在灯下喝酒。一个酒盅一盘花生米一瓶谷烧酒。

他说校长……校长抬头看了他一眼说不用说了我知道你早晚会回来的比我估计的晚回了几天。他说校长你看……校长说别了先坐下来陪我喝一杯。校长就取了一双筷子一个酒盅斟了满满一杯酒推到他的面前。他说校长我这一趟出去……校长就说不用说了我知道你出去遭了不少罪，看你眼睛都大了，不说了先喝了这杯酒解解乏。

校长就和他喝了一杯又一杯。直喝到鸡笼里的鸡跳上窗台扯长脖子咯咯咯地叫。

喝完最后一杯酒的时候他说校长我那……校长说不用说了我知道你是来要辞职书的，你以为我交到上面去了办了你的手续？其实你交辞职书刚出门我就用它擦了桌子。校长说我还是那句话：先生先生先苦后生苦了自己才能出息了学生。校长说我知道你这一辈子别的不行但能当个不差的教书先生。

他就趔趔趄趄出了校长的门。他就看见有背着书包的孩子跳跃着出现在对面的山脊。他就听见早晨的空气里传来孩子脆生生的歌声。小嘛小儿郎呀背着那书包上学堂不怕太阳晒也不怕那风雨狂只怕那先生骂我懒呐没有学问我无脸见爹娘嘟哩个哩个嘟个哩个嘟……

那一刻他的鼻子一酸眼泪就流了下来。他一时不知道为什么他就干脆让它流了个痛痛快快。

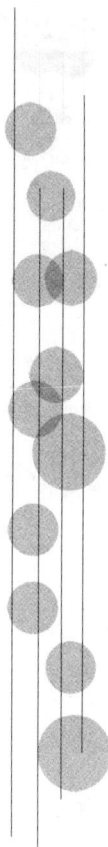

雪　墙

　　99 号楼旁边的供暖锅炉在天空第一次飘雪花的时候轰隆启动了。于是开始了从早晨四点半到晚上九点半呼呼啦啦的号叫。隔一两天还有一辆卡车碾过楼侧的地面，轰隆隆向锅炉房倾倒黑煤。于是粗大的烟囱冒出的黑烟和着呼呼啦啦的吼叫，随西北风劈头盖脸向 99 号楼压来。

　　供暖几天后的一个晚上，99 号楼的二十几家屋门被人一一敲响了。从防盗门中间的猫眼向外看去，这是一个戴眼镜、露着七分微笑、三分乞求的中年人。他自称是新搬来的 101，有要事要商量。人们莫名其妙又很不情愿地打开门，得到的是同一个请求：在一张状纸上签名。

　　101 起草了一份状词，向法院起诉供热公司这家供暖锅炉房噪音过大、影响居民正常的生活，要求赔偿损失并改造锅炉减少噪音。

　　大家犹豫了，觉得 101 是小题大做。大家都说忍一忍吧，你是初来乍到，习惯了就好。我们都住了多少年了。

　　101 听了人们的劝说并不服气。101 说我测试过这锅炉声，分贝太高，属于噪音，我们已经受到了侵害。我几次打电话到供热公司，他们置之不理态度蛮横，让我到法院告去，我们当然应该维护合法权益。

　　面对 101 的理论，99 号楼的户主们在呵欠声中几乎是异口同声地说：好吧好吧你就作为咱们 99 号楼的代表告吧告吧。

　　两天后正赶上一场大雪。天寒地冻，99 号楼的暖气打摆子一样忽冷忽热起来。随后的一个星期天，暖气片干脆生冷冰凉。99 号楼有人打电话到供热公司询问究竟，电话那边说：去问你们同楼的 101 吧。

　　99 号楼的居民们听出了弦外之音，于是纷纷去敲 101 的门。101 听罢歉意地一笑说对不起诸位，但是错的不是我们。101 说供热公司竟然以这种方式报复真是岂有此理，咱们更不能让步，这场官司非打不可！

第二天暖气还是不热，101 室的天花板便叮叮咚咚一直响个不停。

101 敲开了 201 的门。201 赔着笑脸说不好意思，屋子实在太冷只好跺脚取暖，再注意点儿就是。等 101 走回自己的屋子，天花板上的跺脚声一阵更紧似一阵。晚上，101 匆匆出门走了，半夜回来的时候踩在门前的啤酒瓶子上重重摔了一跤。天一亮，99 号楼的居民看见 101 抱着一摞纸一瘸一拐地走了。

几天后的一个晚上，99 号楼的居民们忽然感觉久违的暖气又回来了，而且似乎比先前还热，那锅炉的声音比以前弱了一半。更让 99 号楼的居民们惊奇的是，当天晚上从本市电视台"热点透视"节目里看见了 101 的形象。101 理直气壮地站在法庭原告席上慷慨陈词，历数供热公司对 99 号楼居民的噪音污染、对居民合法权益的侵害。

99 号楼的居民们在暖暖的屋子里收看电视节目，兴奋难抑，纷纷拿出酒来庆贺。

当夜，家家户户的防盗门又被 101 一一敲开。

101 这一次是来分送供热公司的赔偿费。每户 50 元。

101 瘸着腿出了一个又一个屋门。最后来到了 201 户。

201 的主人红着脸说：兄弟，对不起，实在对不起。

101 说：没什么，跺跺脚其实没什么，那几天冻得受不了，我也是直跺脚。

201 说：我知道是谁在你家门前放啤酒瓶倒臭垃圾，实在太缺德了。

101 说：没什么，都过去了，你就别说了。

几天后刮了一场大风，之后又下了一场大雪。电视上说是本市 50 年来的第一次。天亮的时候那雪把一号楼道快封住了。人们很奇怪，要在以往这雪早被 101 铲走了。被堵在楼道里的人们便想起，要弄走雪，只得找 101，只有 101 有工具。于是去敲门。敲了许久没有动静。眼尖的在门上看见一张纸条：我搬家了。落款的时间已是两天前。

人们都愣了。面对眼前这堵半人高的雪墙，大家一时束手无策。

嗥 叫

从事动物研究的林芳对狮子老虎等各种飞禽走兽的喜怒哀乐可以说了如指掌，却对作为高级动物的人越来越捉摸不透，以至于事业十分成功的她在婚姻大事上屡屡败北。

眼角的皱纹和耳边探出的头发逼着她再也不能等待了。

秋天，她慕名去神农架风景区旅游，住在一个山间旅馆里。在夜晚七彩的舞厅，她从三个男人的眼睛里读懂了一种强烈的渴望。

作为动物专家，她对这种眼光十分熟悉。

林芳忽然生出一种念头。他把一张纸条塞到邀她跳舞的第一个男人手里。纸条上写着：舞会结束，请到对面的山坡，不见不散。

于是，林芳在舞会结束之前，拎着录音机，悄悄去了对面的山坡。

随身携带录音机并随时录下动物们的声音，是动物专家林芳多年的习惯。此刻的录音机里，就有一盘西北狼的叫声。

深夜的山林寂静得只剩下树叶的簌簌声。

几分钟后，隐在树丛后面的林芳看见那个男人急匆匆来了。男人找了一块石头坐下，不慌不忙地吸烟。林芳悄悄摁下了放音键。

霎时，狼的叫声由小到大，在黑暗的山坡上蔓延开来。吸烟的男人四处张望，一边判断狼声的位置，一边匆匆倒退着，很快消失了。

树丛后面的林芳摇摇头兀自笑了。

第二天，那个逃跑的男人在走廊里碰见了林芳。男人很认真地说："昨晚上我去对面的山上等了你半宿，也没有看见你。"林芳说："不好意思，我昨晚上突然有事，又来不及告诉你。"男人急忙说："今天，和我去……爬山看风景吧？"林芳说："不了，我另有约会。"

第二天晚上的舞会上，林芳把同样内容的纸条塞到了第二个男人手里。

当男人如约来到山坡，林芳又一次打开录音机。狼声突起，男人撒腿就跑，在摔了一跤之后迅速消失了。

山林里，只有狼的叫声。黑暗中的林芳落下了眼泪。

天亮后，林芳在早餐桌上见到了第二个男人。胳臂上缠着绷带的男人一见到林芳，连忙解释："对不起，昨天晚上舞会没完，就被几个朋友拖去喝酒，瞧，喝多了，胳膊都折了。"

林芳说："少喝点酒，好好活着。"吃了一半的她离开了餐桌。

第三天晚上，林芳犹豫了：手里最后的纸条还要递出去吗？

舞会上，她看见那个伴舞的男人目光炽烈如火。她一咬牙还是把纸条悄悄塞给了他。后来，还是在那个山坡，当林芳摁动放音键，让狼的叫声出现的时候，他看见那个男人立在山坡上，一副痴情等待的神情。林芳的手有一些颤抖。她把音量再一次调高，狼嗥叫得令人毛骨悚然，那个男人依然不动。

热泪溢出了林芳的眼眶。她什么也没有说，上前拥着那个男人，直把他带进了自己的房间。

黑暗中，林芳感觉到了男人陌生的力量和不断奔涌而至的无边的快乐。

醒来时已是黎明时分。林芳打开台灯，无限柔情地说："在山坡上，你为什么不害怕？"

正要穿鞋的男人愣了一下，拿出随身携带的笔和纸，写道：抱歉，我不知道你在说什么？

林芳吃了一惊，再次大声说："我是问你，昨天晚上你在山坡上等我的时候不怕狼叫吗？"

男人又在纸上刷刷写开了：对不起，我是来这里疗养的，我得了神经性耳聋症，什么也听不见，你能写给我看吗？

林芳呆了。许久，她在纸上匆匆写道：快走，我丈夫马上要来旅馆。

男人一看纸条，脸霎时白了，弯腰抓起鞋袜赤脚匆匆走了。

林芳迅速关死了门，埋在被子里忍不住大哭起来。

林芳的哭声像一只孤独的母狼在冬天的旷野里发出的嗥叫。

双 飞

老安回家的时候已是半夜。睡眼蒙眬的女人和老安拥抱了一下，立刻把老安推开了。女人柳眉一竖扔给老安一句话：去哪儿鬼混了。老安说开什么玩笑我这不是出差回来吗，我累了，快睡觉。

老安很快知道女人是认真的。女人摆的是没完没了的架势。女人说不要以为晚上我睡得迷迷糊糊嗅觉迟钝，我能迟钝到分不出我自己男人的味道吗。

老安生气了。那时候黑色的旅行包还挎在右肩上。老安说你累不累啊有话直说，看你活像一个母夜叉。女人说你倒厉害起来了，你心虚了吧。说，你身上哪来的香水味。

女人把老安拉到了落地灯跟前。女人忽然嗷地叫了一声。女人说我明白了，你以为我是白痴啊，几天前你出门的时候穿的是浅灰色的衬衣，你现在看看，自己好好看看！老安顺着女人的眼光一看，立马惊了：咿，这真的不是我那件衬衣，这个这个——女人说这有什么奇怪的，外面的小女人给你买了一件颜色近似的衬衣，希望你像换衬衣一样换掉我这个黄脸婆呗，你还滚出了一身香水味。我就是瞎子聋子，别忘了我还有鼻子。

老安愣了一刻，忽然说，我明白了，这衬衣是青岛老田的，对，那小子喜欢洒点香水，一定是早晨匆忙穿错了衣服。对，就是这么回事，我这就打电话给老田。老安急忙放下旅行包去掏手机。

女人抱着双手冷冷地看着。女人说你使劲地编吧。

老安拨了好几遍电话。最后说，这小子关机了，明天早晨再打，睡吧。

后来老安女人就睡下了。老安整夜面对的是女人虾一样弓着的后背。

第二天睁开眼睛老安第一件事就是拨打青岛老田的电话。却一直没有拨通。老安说奇怪，怎么就不开机呢。女人还是那张冷冷的脸。女人说别瞎忙活了，鬼知道你拨的是哪几个天文数字，你都可以去演电影了。女人说如果

真的有一个老田，你们在电话里一配合，他还能不顺着你的话说吗。你们男人不是经常这样互相"帮忙"吗。你能证明什么，累不累啊。买衬衣就买衬衣了，说明我家男人有魅力。

老安许久没有说话。后来老安突然站起来，一边穿外套一边说，快穿好衣服，我们出去。女人说去哪儿？老安说别管，跟我走。平时有了摩擦，老安会主动拉着女人出去转一转。女人说要去你自己去，我还要洗你的带香水味的衬衣呢。

老安说洗什么洗我这不是穿在身上吗，跟我走。老安的声音有些冲。女人就有些不情愿又莫名其妙跟老安出了门。

二十分钟后老安和女人来到了机场，老安直奔售票窗口。女人一看急了，一把抓住老安的衣服。女人说你疯了要干什么？老安说你别管，我们去青岛找老田。我要当面让你知道是我穿错了衣服还是哪个小女人给我买的衣服。

女人突然就软了。女人降低了声音，说，好了，我承认你的衬衣是青岛老田的你是清白的，行了吧？老安说不行，鬼才相信你真的以为你的男人是清白的呢。老安又补充了一句：就当是到青岛去旅游一趟。女人说为了一件衬衣来回坐飞机你不觉得有病吗。老安说我认为清白是无价的，走！

一个小时后老安和女人在花了两千元钱之后坐上了飞往青岛的飞机。一个半小时后下了飞机又花六十元坐出租车赶到了老田所住的和平小区。

老安长长出了一口气，不慌不忙拿出手机用免提档拨了老田的手机。

这一次电话通了。老安说老田你小子把我害苦了你快下楼来接我。老田说，什么，你在哪儿？老安说在你家楼下。电话里的老田突然大笑。老田说你是不是还带着媳妇？老安说对呀。老田说你是不是来换衬衣的？老安说让你猜对了，都是你干的好事，把我的衬衣穿错了，我也只好稀里糊涂穿了你的衬衣，你偏偏还喜欢跟娘们一样洒点香水。

手机里老田还在大笑。笑得嘎嘎的。老安说别笑了快下楼啊。

老田说我怎能不笑呢。我下不了楼。我跟你一样带着媳妇坐飞机刚到你的城市呢。

结　局

开　场

劫匪那把尖刀亮在凌晨的长途卧铺车上。

等两个劫匪上了车亮出了刀子司机就后悔了。这年月生意不好做只要有招手的就停车捎着捡一个是一个。何况这两个人伪装得像地道的民工。

劫匪上了车，其中的矮个子逼着司机继续开车，高个子对车厢吆喝起来：不好意思打扰大家休息了我们兄弟俩穷得急眼了所以冒着杀头的风险出来弄俩钱花花，大家赏个脸给个三百五百不嫌少万儿八千咱也揣着。

高个子劫匪是个幽默的家伙有一定的语言天赋，或许也是外强中干故作轻松。但此刻的幽默只能让车厢的乘客心惊肉跳。

卧铺车厢顿时骚动起来。电视里报纸上经常报道的一幕突然发生在眼前大家有些不知所措，胆小的一个女孩呜呜哭出了声。劫匪说小妹妹不要制造恐怖气氛我们向来劫钱不劫色有了钱什么样的女人都有。

血突然冲到了老万的脑门。

老万是个警察。

老万此行的目的地是长途卧铺车的终点站 A 市，此行的具体目的是见一个心仪已久的女人。要在平时老万早站起来亮出身份了，但今天——确实不行。

老万是瞒着单位领导和家里"领导"悄悄坐上开往 A 市的长途车的。老万为了这次见面，编了一个去 B 市的理由，而 B 市与 A 市正好在南北两个方向。如果此刻亮出身份，势必要与劫匪搏斗一番或许就暴露了自己的行踪，回头就没法交代了。而且关键是下一步去见女人的安排可能由此改变。但

是，如果就此默不作声任凭劫匪在眼皮底下为非作歹，老万心中实在无法承受，虽然老万穿的是便服但他的血管里流的是警察的血。

老万面临着一个十分为难的抉择。

劫匪的尖刀越来越近了。

结 局 一

老万突然站起身大吼一声：住手——我是警察！

高个子劫匪先是一愣继而用手电筒晃了老万一下，接着就笑了：哥们就你那干瘦样儿还警察呢你是警察我就是警察局长了瞎咋呼啥呀。

劫匪边说边奔老万来了。狭窄的卧铺车厢里顿时死一样寂静，乘客们一双双复杂的眼神聚在了老万身上。

劫匪的尖刀照着老万扎过来，老万用胳膊肘一挡顺手抓住了劫匪握刀的手腕，一个扫堂腿就把劫匪弄倒了膝盖瞬间就压在劫匪后背上了。接着，车厢里响起乘客的尖叫——紧随其后的矮个劫匪冲着老万的后背就是一刀。就在此时，底层卧铺突然站起来一个壮实的小伙子，一个抱腿把矮个子劫匪扑倒了……

十分钟惊心动魄。两个劫匪被制服了，老万的后背戳了一个血窟窿。接到报警的公路巡警与120急救车很快赶到了，所幸老万没有生命危险。

躺在病床上的老万引起了轰动。"便衣警察只身斗劫匪"的新闻很快占据了新闻媒体的头版头条。老万单位的领导带着记者从老家赶到了 A 市医院。

老万说领导你处分我吧我撒了谎说去 B 市其实是到 A 市——领导打断了老万的话。领导说什么话你是在出差途中遭遇劫匪奋不顾身舍生忘死显示了我局民警良好的个人内素质与崇高的职业精神……

老万出名了。A 市那个未能见到老万的女人从新闻上见到了老万的事迹流下了热泪。老万的形象在女人心目中更加高大了。老万的妻子嗔怪说下次出差不准说去 B 市却跑到 A 市。老万摸着妻子的手说一定一定。

鲜花与荣誉把老万淹没了。

结 局 二

劫匪的脚步越来越近了。老万缩在自己的卧铺里。

老万在心里说自己没有穿制服也不是在工作岗位上其实现在就是个普通乘客。再说自己真的站出来孤家寡人赤手空拳不一定能斗过他们就会造成不必要的牺牲。再说最关键的是一旦暴露身份将来跟单位的领导和妻子就没法交代了，欺骗的罪名实在扛不起。再说我现在完全可以利用我的专业牢记两个劫匪的相貌穿戴口音等等特征，没准将来可以为下一步破案提供帮助。

劫匪很快就来到老万跟前了。雪亮的刀子在老万的眼前寒气逼人。老万咬着牙齿黑着脸伸手去随身携带的小旅行包里摸。老万的钱包在旅行包里。

劫匪说磨蹭什么。就一把连旅行包也抢走了。

后来劫匪隐入夜色满载而归了。

后来老万两手空空见到了想见的女人。老万搓着手有些尴尬说我……在路上被人……偷了。怀里的女人温柔地说人在就好了我要的是你这个人。

事情在两个月后起了变化。

两个月后老万被督察警叫走了。后来老万被脱去了警服。后来老万的妻子和他离了婚。后来老万打那个 A 市女人的电话也是个空号。

那两个劫匪被警方抓住了。警方在劫匪作案所得的赃物里搜出了一个警察证。劫匪供述了那次抢劫的细节。当然，证件是老万的。

猫　步

蒙娜接到这个电话，傻了。

电话里有些醉意的声音说：蒙小姐，我最后一次问你，是 YES，还是 NO。要知道，你身后有一大批美女等着签约呢。

蒙娜没有想到会是这样的结果。经过一番竞争角逐，蒙娜凭实力挤进了某时装模特公司招考的前五名。在临签约之前，公司老总向她发出了必须"献身"的暗示。

蒙娜毫不客气：王总，我一向很尊重你，没有想到你这样卑鄙！我是凭实力为艺术的模特，不是低级的三陪，你真是瞎了狗眼！

电话里是一阵大笑：好，我卑鄙你高尚，只是你很弱智，你连起码的游戏规则都不懂，那就拜拜！

挂了电话，蒙娜开着车独自一人去了酒吧，很少饮酒的她一连喝了几杯闷酒后，又把车开上了海滨大道，在海风和音乐中放纵自己。

骑摩托车巡逻的交警什么时候靠上来了，示意蒙娜把车停在路边。带着少许酒意的蒙娜摇下窗玻璃对交警莞尔一笑：嗨，帅哥你好！

年轻的交警给蒙娜敬了一个礼：小姐你好，知道我为什么让你停车吗？

也许，因为我漂亮吧。蒙娜继续套着近乎。

交警绷着的脸终于笑了：不错，你确实很漂亮，不过，你的车技却并不漂亮。知道吗，你刚才在大道上车速很快，而且走的是 S 线，你把路上的好几辆车吓得直往两边躲。

蒙娜装作很吃惊的样子：是吗，也许是我的车况不太好，不瞒你说，这是我借一个朋友的车，而且也是一个快淘汰的二手车。

交警瞅了一眼车身，目光又盯在了蒙娜的脸上：我倒不认为是车况不好，我怀疑你酒后驾车。

交警的话让蒙娜一愣，顿时深呼吸了一下：我哪里有这个胆量。随后，蒙娜向嘴里扔了一块口香糖，顺便又给了交警一个迷人的笑。

海边散步的人什么时候围拢了过来。蒙娜笑着说，你看，这么多人围观，影响交通不是，放我走吧。

交警用鼻子吸了吸，皱了皱眉头：你好，请下车配合我检查一下。

高个儿的蒙娜一下车，吸引了更多的人。由于紧张和少量饮酒的原因，她的脚步踉跄了一下，但很快站稳了。蒙娜对低她半个头的交警说：我该怎么配合？

交警指着路边人行道上的一条白线：为了检测你是否饮酒，因地制宜。请你踩着这条线来回走一趟猫步。

蒙娜几乎不相信自己的耳朵：什么，你是说，让我在这里，马路上，像时装模特儿走 T 台一样，来回走一遍？

年轻的交警点了一下头：对，对检测少量饮酒的人，我们采取一闻气味二走猫步的物理检测法。你是女士，又这么高，不方便闻气味，你就走一下猫步吧。蒙娜忽然想起朋友说过，喝了酒的人掌握不了平衡，走猫步东摇西晃一下子就露馅了。

美丽的时装模特儿蒙娜忽然笑了。她返身走到车门前，伸手把汽车音箱又开了，一顺手又把宽大的上衣轻巧地脱了，潇洒地扔在车盖上。交警正发愣间，美丽妖娆的蒙娜扭身踩着马路边的白线，合着音乐的节拍，走起了猫步。

海风在吹。音乐在飞。蒙娜的长发在飘。

傍晚的街灯次第亮了。五彩的灯光把宽阔的马路渲染成了一个流动的 T 台。

蒙娜飘逸曼妙的身姿吸引了每一双眼睛，那双灵动的脚不偏不倚在那根白线上翻飞，像两只黑色的蝴蝶。

蒙娜折返走到交警跟前，来了一个夺人心魄的"定格"亮相。哗——人群中爆发出一阵喝彩。有人吆喝：再来一次！

喧闹之后，是一阵沉静。

突然，交警身上的对讲机出声了：07 号 07 号，海滨中路路边怎么出现了路人围观？请讲。

交警一愣，看了一眼蒙娜，立即回答：我已到现场，有一个女模特儿在路边练习走猫步，我马上疏导，马上疏导！

　　交警向蒙娜走近了一步：小姐，经检测，你没有过量饮酒，可以离开。年轻的交警又认真地说：小姐，你的舞台不在这里，希望下次见到你，不是在马路上，而是激情飞扬的 T 台!

　　海风在吹。音乐又飞起来了。

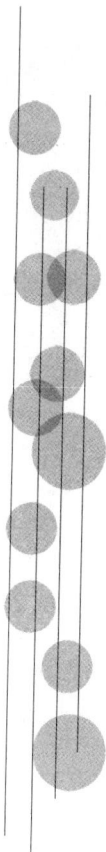

回 声

一胖一瘦两个男人走进山脚跟儿那个鸡毛小店的时候，正在吸烟的酒店男人捏烟的手一抖。男人说你们终于来了。男人又说你俩一高一矮一胖一瘦跟我前日梦见的一模一样。

落座的一胖一瘦两个男人四周瞅了瞅就努力地笑了笑。胖子一使眼色，瘦子就把手中的一件亮眼的银手镯似的铁器悄悄掖进了衣兜。

男人冲着厨房里忙碌的女人吆喝：幺妹，俺老家来客人了炒几个好菜下酒，别忘了猪耳朵，俺要陪老家的客人痛痛快快喝一顿。

几个菜就热腾腾端上来了。几杯酒就盈盈倒上了。

男人仰头干了一杯。男人说你们终于来了我盼了你们很久你们信不信。

胖子说信我们相信。胖子说都七八年了哪有不想家的。再说连个海也看不见更别提活蹦乱跳的蟹子什么了。瘦子说这个地方真不好找，我们都三天没有睡过囫囵觉身上都酸了。

男人咕咚干了一杯。男人说我自罚一杯，是我害你们走了这么远的路遭了这么多的罪。

几杯下去，三个男人都有些微醉。

胖子说你知不知道如果不是你那封信我们就不会找到你至少不会这么快。男人说真是邪门，我寄回家的信封上也没留地址那信里也没告诉我在哪里，你们咋就找来了。瘦子说你应该知道我们是吃这碗饭的，你那封短信虽然没留地址可那邮票上盖着你们这里小镇邮电所的戳子。再说信纸上全是一股子羊肉的膻哄哄的味儿，我们一闻就知道是你开酒馆的手蹭的。

男人瞪圆了眼睛。男人说我真服了你们，跟电视里演的一模一样，神咧。男人说我再敬你们一杯。男人捧酒杯的手直抖，啤酒泡儿顺着嘴角脖子直流。

红了眼睛的男人说你们知道我为什么跑到这山旮旯么。胖子说不知道我们就不会来了。胖子说你老哥当年下手也太狠了都快把那男人废了。男人一摆手。男人说你们不知道你们是我也会那样干，那龟孙子不是爷们儿太他妈毒哇。男人说着眼泪就跟着鼻涕一块儿出来了。

瘦子说不是有政府么，还用得上你亲自动手。

男人就不说话了。就低着头呜呜地哭了。

厨房里的女人出来了。女人说咋咧在老家人面前咋就这么撑不住，你可是头一回。

男人就抹了眼泪把女人按在了凳子上，又给女人倒了一杯酒。男人说来，敬我老家两个朋友一杯酒，这是我们老家的规矩。女人就端了杯子慢慢喝了，脸就像胭脂一样红了。

男人说幺妹你看我像坏人不？女人说王哥你说啥话，咱这山里人谁不夸你是个汉子。男人又干了一杯。男人说幺妹我说过一天老家要来人接我回去，你看我没骗你吧。女人说王哥你说啥话，我不相信你能跟你这么久。男人就又干了一杯。男人说幺妹你莫怪我不娶你，其实我老家还有老婆孩子一大串咧。女人说王哥咱哪敢怪你，要怪只怪咱自个儿没有福气。

女人就流了眼泪。女人就把杯子跟男人碰在了一起。男人女人的酒就融在了一起。

女人倚着男人。女人说王哥你们啥时候动身。男人看了看胖子和瘦子，男人说今晚得走一夜的山路赶到镇上，坐明天的早班车咧。

这时候胖子瞅了一眼瘦子。胖子说不急我们太累了歇一晚，明天早上走还来得及，再说我们还要慢慢喝酒多呱拉一会。男人一脸惊喜一举杯又咕咚了一大口。

门外的就要落山的日头透着啤酒一样的红。

第二天日头还没露脸男人就和一胖一瘦两个男人上路了。走到对面的山冈，男人回头看见女人还立在低低的酒馆门前。男人冲着远处的女人扯长脖子吆喝：过几年我还会回来。

四围的大山就"回来——回来"地响。

一胖一瘦的两个男人被这大山的回声震得泪雨纷纷。

清　白

老高回到办公桌前嗷地叫了一声。

老高搁在桌上的几张设计图被风吹到了地上，而且地上恰好有一盆老高用来涮笔墨的水，那图纸正好落到了水里。昨天傍晚走的时候老高记得是用茶水杯子压在这几张设计图上的。而眼下那只茶杯放在了一边。

也就是说有人移动了茶杯，半夜起风就把桌上的图纸吹到地上水盆里了。

办公室里只有两个人，除了老高，就是老安。老高和老安在一家公司工作，是业务上的对手，暗地里悄悄较着劲儿。

老高清楚地记得昨天傍晚走的时候老安还在屋子里。

经过两天精心设计的图纸本来是今天要交到客户手里的，转眼就前功尽弃。老高憋了一肚子火。

老高就坐在办公椅上等待着老安的到来。

老安准时进了办公室。一见盆里的图纸就笑了：呦，给图纸洗澡呢。

挺开心的不是？老高冷冷地说。

怎么，你的图纸不幸落水了，意味着要由我来开一场隆重的追悼会吗？

老安一边说一边打开了自己的电脑。

老高说昨天下午我走的时候你还在办公室对不对？

对呀，记得你还给我打过招呼的。老安随口回答。

老高说你记得我走的时候这些图纸就在水盆里吗？

老安一边敲电脑一说说没有，地上就有一盆水。

老高说难道是老鼠把这些图纸运到水盆里去了？

老安听出了老高的弦外之音。老安突然站了起来：原来你是在怀疑我做了手脚把你的图纸扔到了水里，岂有此理！

我没有说你故意把它们毁坏了，但是有可能是你移动了我桌上压图纸的

茶杯，后来风就把图纸吹了下去。

老高似乎不想激怒老安把语气说得很缓。

老安说我凭什么移动你的茶杯我是要偷看你的设计剽窃你的构思创艺吗我怎么是你想的这种人你有什么证据！

老高看见老安暴跳如雷就摇了摇头：好了不是你我说不是你可以了吧。

不行！不能这样不明不白而且你心里依然怀疑是我干的。老安一副不查个水落石出就不罢休的神情。

老高说我自认倒霉还不行吗我没有时间跟你斗嘴了我再加几个班得了。

老安说这事得有一个了断得还我一个清白。老安琢磨了一会突然拿出一个塑料袋把老高的茶杯套了进去。随后拉着老高就要出门。老高说你要干什么？老安态度坚决：走，你必须跟我走！

莫名其妙的老高就被老安拉下了楼。就被老安拉上了出租车。又一直拉到了公安刑侦鉴别中心。

老安说你都看见了这里是本市权威的痕迹鉴别中心，他们有付费服务、电脑识别指纹这个项目。你不是怀疑我昨天晚上移动过你的茶杯吗，如果真是那样就会在茶杯上留下我的指纹。现在我要通过科学还我一个清白！

老高哭笑不得。老高说你是不是神经出了问题为了几张图纸兴师动众。再说我已经说过不是你。再说我还等着重新画图客户急着要货呢！

我不管没有什么比我的清白重要！老安拽着老高就往楼上走。

老高后来就无可奈何陪着老安交涉指纹取样然后坐在楼道里等候。鉴别指纹的民警说我算是开了眼界竟然有两个同事为了一个移动的茶杯而求助科技。

漫长的三个小时终于熬过去了。指纹鉴别室的门打开的时候老高似乎觉得经过了一个世纪。老安兴奋不已蹦向了穿白大褂的民警。

老安说结果怎么样怎么样？

民警抖着手里的一张纸，说：经过指纹剥离发现，残存在茶杯上的指纹全系高晓明所留。

老安咧开嘴笑了。老安说高晓明同志你听清了，经过科学鉴别，茶杯上没有我的指纹，也就是说昨天这个该死的茶杯不是我移动的，你怀疑我毫无根据，铁的事实有力地回击了你对我的污蔑，现代科学证明了我的清白。

老安说200元钱的鉴别费就不好意思请你掏了。谢谢你花钱还了我一个清白!

老高笑了笑。老高说,老安,你真以为你清白吗?

老安舞着手中的那张鉴别书开心地说:这就是铁的证据!

老高说,不错,指纹鉴别仪证明这只茶杯上没有你的指纹,但是,谁能证明你昨天不是用手拿开的茶杯而是用什么东西譬如用一张白纸包着茶杯拿走的呢。

门　票

　　李大树那天逛完公园出门的时候，被人拦住了。那人一努嘴：票！

　　问他要票的是一个干瘦的人，大概是公园的一个工作人员。李大树路过这个城市，买完火车票看看还有时间，就到公园逛了一圈。

　　李大树一愣，我现在是出门又不是进门，要什么票。李大树就笑着问：你要什么票？那人看也不看李大树：门票！李大树想起自己进公园的时候是买了票的，不想跟这人啰唆，就到身上掏了一阵。结果没有掏到。李大树就说，我买过的，估计是扔了，不然，我怎么能进来。

　　那人说，对，这也是我现在要问你的问题——你怎么进来的？

　　李大树忽然想幽默一下，于是张开手臂忽闪了一下，说，你看我长翅膀了吗？那人有些警惕，问：你——什么意思？李大树呵呵笑了：我没长翅膀就不能飞，不能飞，进公园就只好买票了，明白了？

　　那人听李大树这么说，脸变得更严肃了：谁有心思和你开玩笑，你拿不出票就不能证明你买过票，你就得补票。

　　李大树看出那人是认真的，就收敛了脸上的笑：我已经跟你说清楚了，我买过票了，可能丢了。我还说了，如果没有票，我怎么能进来呢。

　　买了票就能拿出来，拿不出来，你就有可能没没票，就有可能没走正门，而是从公园的哪一段墙上翻进来的。你说你买过票，你用什么证明？你说你买了票进公园后扔了，你坐车坐飞机也得买票，难道上了车上了飞机就可以把票扔了吗？

　　那人一字一板地说道。

　　李大树知道自己遇到了一个较真的家伙，再跟他理论下去只能是白费口舌，而且关键是自己还有事要办，而且逛了半天公园却没有看见一个厕所，眼下正急着。于是李大树很不情愿地掏了五块钱，到售票窗口又买了一张票。

李大树拿到票，看也没看，当着那人就撕了，并扔到了他的面前。

李大树说：睁大你的眼睛，我买票了，这回你可看清楚了！

李大树要走的时候又被那人拽住了。

那人说：这回我的确看清楚了。我看清楚了你把票撕了，然后扔到地上去了。李大树说怎么了，我再不进公园了，我就是撕了又扔了。那人说很简单，你乱扔纸屑，根据城市卫生管理条例的规定，你必须再交5元罚款。

那人说罢亮出一只胳膊，胳膊上套着个红袖子。上面有几个字：A城卫生监督员。

李大树顿时愣了，犹豫了一下气呼呼掏了5元钱摔给了那人。那人随手撕了一张纸条给了李大树。

那人说：这是收据，你如果丢了就没法证明刚才你交了罚款。

李大树这一次没有撕那张罚款单，小心地揣到兜里了。这么短的时间就白白丢了十元钱，李大树心里很不是滋味。一边走一边生气。最后只好安慰自己：就算是花钱买教训吧。

走到路边，李大树终于看见了一个厕所，正要进去，厕所的一个窗口冒出一个头来，冲着他吆喝：买票！李大树说进厕所也买票啊，又不是进公园去参观。守厕所的说：兄弟，我看你是才来这个城市的吧，上厕所都得买票，这是规定。再说，不买票我一家几口吃什么啊。李大树一听差点笑了：这厕所跟吃有什么关系。

李大树急着上厕所，就不想多说，问：多少钱？那人说，不多，这要看你是大号还是小号。李大树说这上厕所又不是买鞋，什么大号小号的。

那人就笑了。那人说你看来还很幽默的，好吧，你干脆交5毛钱得了，大号小号你自己挑！

李大树就拿出了5毛钱，递给那人。那人给了他几张四方草纸。李大树说，这个我不要，你得给我票。

那人一愣：票？什么票？李大树说厕所票啊，我交了钱你就得给我票。那人又哈哈笑了：你这位兄弟真会开玩笑，这么说你上厕所花的钱也能报销啊。

李大树说，我什么时候说是要票报销的？我要你给我开一张票，证明我交过钱，等我一会从厕所里面出来的时候，免得你再问我要钱。

守厕所的人说你真有意思，你把我看成了什么人，我是不会赖这个账的，你进去吧。李大树说不行，你不能开票给我我就不能进去。我刚才在公园已经上过一次当了，我不能再上一次当。

守厕所的有些哭笑不得：我确实没有票，怎么办？我守了半辈子厕所，还头一回碰到有要票的。

李大树毫不犹豫地说：你把 5 毛钱退给我，我去别的地方上厕所。我要去有门票的厕所。

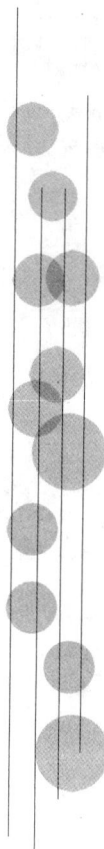

春 宵

老安那天晚上从酒宴上下来时间还早。看着那么好的夜色，就选择了步行回家。有些发胖的老安已经习惯饭后以步当车了。穿过市中心那座树木繁茂的公园，老安就可以回家。

有些酒意有些寂寞的老安就走进了公园。

公园的石凳上依偎着成双成对的情侣。老安用眼角的余光左顾右盼，一边在心底发出了感叹：春宵一刻值千金啊！

爬上一个缓坡，老安走进了一条僻静的小路。茂密的林子在夜风的吹拂下发出沙沙的声响。拐过一个弯，一个女子袅娜的身影出现在老安的视线里。

在这样的夜晚，老安以为是出现了幻觉。老安稍稍加快脚步跟了上去。那女子似乎感觉到了后面的来人，脚步轻轻一闪就挪到了路边，准备让路的样子。

老安就和那女子并行在林间小道上。老安闻到了女子身上的异香。

这位小妹妹胆子可真不小啊，也不怕被人打劫，特别是那些胆大的花贼。老安找了话题，试探着女子的反应。

女子边走边侧头看了老安一眼。在老安看来，这是充满了风情万种的回眸。虽然是夜晚，老安仍能感到女子的妩媚。

女子接了老安的话茬：本小姐无钱无色，有什么好劫的？

从身边这个女子的话里，老安觉得她似乎在暗示什么。这是个寂寞甚至很风尘的女子吧。老安受到了鼓励，嘴里的话是更大胆了：小妹妹是先声夺人断了本人图谋不轨的念头啊。

女子哧的一声笑了。笑而不答。

这时候女子的手机铃声响了。女子打开手机，说，不用，没事。

老安说看来是有个人要来接你。女子说，是呀，不过现在不用了，身边不是有你吗？老安说你不怕我是坏人吗？而且小妹妹这么漂亮，而且天这么晚。

女子又扑哧一笑。女子说谁怕谁还不一定呢。

老安听出了身边这个女子的弦外之音。老安觉得她在向自己发送信号。这几乎是一种直接的诱惑了。喝了酒的老安浑身燥热伺机准备采取行动。

前面又到了一个小岔路口。往左走很快就上了公路，老安就可以回家。往右拐就会走到公园的深处。老安大胆地拉起了女子的手，头往右一偏，说，走，小妹妹，今晚上大哥再陪你走一走。

女子轻轻挣脱了老安的手。女子说，你是在诱惑我吧，去那么黑的地方咱们干什么呀。

老安看着眼前美丽的夜色，一声高叹：小妹妹，春宵一刻值千金呀！

老安话音刚落，附近林子里呼啦啦跳出几个人来。转眼之间，老安就被这帮人摁在了地上。老安明显感觉到这伙人是冲着他来的，他们没有对那个女子出手。这么说，他们是一伙的。这么说他们是利用这个女人来引诱他，然后抢劫。

老安急切地说哥们我的钱和手机都在包里你们拿去吧。

一个男人毫不客气地夺过去包，一边说，包里不光是只有这些东西，恐怕还有绳子吧。这时候女子说话了。女子说别跟他啰唆，带走吧。

老安万万没有想到自己被带到了刑警队。没有想到这帮人全是警察。那个涂脂抹粉的女子也是。近一段时间市区公园接连发生了几起夜晚抢劫袭击单身女子的案件，持刀子绳子一类的作案工具。所以安排女警察化妆作为诱饵引蛇出洞，其他的男警察埋伏接应，见机行事。

两个小时后，排除了嫌疑的老安走出了刑警队的大门。

出门的时候老安忍不住追问那个女警察：你们凭什么就确定我像你们要抓的那个坏人？

女警察说你以为你今天晚上的行为就像一个好人吗。女警察最后又补了一句：根据我们掌握的情况，那个抢劫犯罪嫌疑人跟受害女子说话的时候也爱说那句话。

哪句话？老安有些好奇。

女警察说，就是你最后说的那句"春宵一刻值千金"。

老安想起来了。自己就是那句话一出口，一帮警察才从树林中扑上来的。

老安来到了外面。夜风扑面。一身轻松的老安对着春夜空旷的大街，用了近似京剧的念白拖长声调高喊了一声：春宵一刻值——千——金啦——

吆 喝

胶东民间口语中有一个使用频繁的词儿：膘。含着憨傻的意思。膘子，就是傻子。真膘，就是真傻。说谁"膘乎乎"，就是"傻乎乎"、"缺心眼"的意思。

这里有个人，膘三。

膘三啥事都膘乎乎的，但肚子饿这件事他一点儿也不膘。

那年月兵荒马乱，胶东这片破礁石滩上到处都是队伍，什么国军，保安团，乱糟糟吆喝着抗日什么的。膘三眼瞅着心里明白，只要吆喝抗日，不管什么人扛起一杆破枪就有了人样儿，就能穿一身黄不拉叽的衣服，就能扒拉一口饭吃解决饿肚子这个最紧要的问题。

奶奶的，吆喝一声抗日就有饭吃。就吆喝一声。

不知道什么叫抗日的膘三激动得不行。

膘三决定当兵。

膘三先去投奔国军郑维屏部。招兵的问：咋就想到当兵？

当兵有饭吃！

膘三一不小心脱口而出说了大实话。看着招兵的皱了眉头，膘三急忙大声吆喝：抗日！

膘三就当上了兵。就编进了正在训练的队列。

当官的喊：向左——转！膘三转向了右边。

当官的再喊：向右——转！膘三又转向了左边。

膘三总是跟别人脸对脸，枪杆子捅掉了人家的帽子。

当官的生气了操起枪给了膘三一枪托：膘子，滚！

此时，营房里米饭的香气正浓浓地袭来，膘三嘴里流着涎水一步三回头地走了。膘三边走边骂：奶奶的，抗日咋就要向左转向右转咧！

不死心的膘三回到家，在院场里不分白天黑夜练起了向左转向右转。第三天鸡叫的时候终于练会了，左转右转不出一点错。

这一次膘三又去了保安团。有了上次的教训，不等招兵的说话，膘三连声吆喝：抗日，我要抗日！

长官一拍膘三的肩膀：奶奶个熊，人膘乎乎的，嘴倒灵巧。

膘三就留下来了。膘三在心里一遍遍向左向右地念，等着当官的列队训练。当官的却直接把他们拉到了一片荒石滩，练习射击。保安团不是正规军，不要花架子，它要的是枪法。

当官的喊：提枪！卧倒！睁右眼闭左眼，射击！

啪！啪啪！别人的枪都响了，人也提枪立起来了。膘三却还趴在那里。

奶奶个熊，咋不射击？当官的踹了膘三一脚。

膘三满身灰土爬起来，结结巴巴说：报告长官，我眼睛一闭全闭了，眼前啥也看不见，长官，我会左转右转。膘三话刚说罢自顾自地练起了左右转。

很快，膘三在一片哄笑声中被撵走了。

膘三高一脚低一脚走在路上满肚子委屈：奶奶的，俺娘说遇见了人干坏事要睁只眼闭只眼，咋抗日也要睁只眼闭只眼？还要睁左眼闭右眼？

膘三像一只无头苍蝇在半夜撞进了一个军营。膘三立时有了精神，硬着头皮往里闯。站岗的一声吆喝，他却并没有停下脚步，嘴里咕噜道：咋呼个熊，我就是为了当个兵混口饭吃，不然求我也不来。

一个小胡子闻声出门拦住了膘三。你的，干什么？

汽灯下，小胡子的脸惨白惨白的。

膘三看着眼前的人比自己矮半截，说话还结结巴巴，就没把他放在眼里。瞪眼道：我要找你们当官的！我要当兵！

小胡子突然提高嗓门，面露杀气：你的，说，为什么的，当兵！

膘三梗着头扯着喉咙吆喝道：抗日，反正为了抗日！就是为了抗日！

巴格牙路！小胡子当即拔出了手枪。

枪很快就响了。

枪响的时候不知道抗日是什么意思的膘三也没闹明白，这一次，他闯进的是小日本的兵营。

板　眼

在鄂北城里乡下，有一个词经常灌进耳朵：板眼。

某某跑生意赚了一笔，有人羡慕：他呀，有板眼。某某新近提了官，有人乜眼：人家，有板眼。翻开县志，方言中也记载了"有板眼"这个词条，普通话的解释：能干，有本事。还有聪明机智的意思。

下面讲一个板眼的故事。板眼是我老家几十年前的一个同乡。

那时候板眼是个三十多岁的单身汉。当时的确良、化纤布甚少，乡下人多穿自纺自织自染的棉布，因此几乎每个村湾都有染坊。数丈长的青色棉布从染锅里捞出挂在瘦削的树上，风一吹像高垂的寿幛，透出几分萧瑟。板眼当时就在染坊里，每天挑着担子，收布，送布，走村串户。

那日板眼走近鸦鹊湾，远远看见一群姑娘、媳妇在棉田里短枝，嘻嘻哈哈说笑。忽然，树丛里冲出两条饿狗，龇牙咧嘴，冲板眼汪汪狂吠起来。

板眼立住脚，一本正经，高声斥狗：

咬咬咬，咬你爹。

老家方言，爹，父亲也。

板眼在狗的面前耍威风，当起狗的父亲来了，傻。棉田里顿时爆出一阵大笑，都捂了肚子笑弯了腰。笑声稍息，大家再看板眼，以为他早已面红耳赤，狼狈溜去。否。那板眼鼠眼一转，冲那夹尾而溜的狗一字一顿道：逗、你、妈、好、笑……

棉田里笑声嘎然而止，听清了板眼这句话的姑娘、媳妇傻了：乖乖，当了狗的妈，还成了板眼的……好处全让板眼占了。待大家回过神来抓起土坷垃就砸，并高骂：

板眼占赢，绝子绝孙！

那板眼晃着梨木扁担已走远了，身后留下板眼五音不全的破嗓音——

绝子绝孙那个好哇，免得一家都吃不饱……

到了十冬腊月，染坊生意少了，就该熄火上几十里的北山，砍回来年的烧柴。

那日到了北山，板眼他们几个借住在了一个寡妇家里。给寡妇的见面礼是一人一包过年留下的、有些发硬的糕点。晚上睡觉，在堂屋里将桌椅一顺一码，铺开几捆稻草，行李卷一抖，称作地铺。寡妇是个很水灵的女人，虽然生过两个孩子，却并不显苍老。单身汉板眼才住了半天，就跟寡妇混熟了，眉来眼去，在嘴上占了不少便宜。

那天半夜，一泡尿把板眼胀醒了。摸黑开门尿完了，折回身回屋钻进被窝，却横竖睡不着，于是轻脚轻手摸到寡妇的房门。

那房门上有个树疤洞，只是在外面用旧报纸封住了，在外面看不见，可这个"洞"咋漏得过板眼的鼠眼。到寡妇家第二天板眼就发现了这个秘密，一直等着机会。

板眼用唾沫把报纸沾破，伸手把门闩拨了，摸到寡妇床前，手才一探，便触到了寡妇那柔滑、微烫的身子。板眼那手锉刀一般，寡妇立时醒了，一甩手，啪，给了板眼一巴掌。这一巴掌把板眼扇懵了，又扇醒了，脸上一阵火辣，悄悄溜出来，钻进被窝，心里骂着女人。

挨板眼睡的是同湾的大耳朵。大耳朵家里孩子多，这次砍柴插在染坊一伙中是想在搭伙吃饭上占点便宜。那日上午砍柴为争地盘与板眼吵了一架，整整一天没讲话。此刻板眼挨了打，心里窝火，鼠眼一轮，有了主意，翻身狠狠甩了大耳朵一巴掌，复又把被子扯过头顶，还捏着鼻子，响着鼾。

大耳朵被打醒了，他是个直性子，当即就骂起来：妈的，打我干吗！

房里的寡妇以为是骂她，接了腔：你摸到我房里来，我不打你？

阴错阳差，大耳朵与寡妇你一句我一句骂起来了。板眼亲手导演了这场闹剧，躲在被窝里捂着嘴偷乐。等大家都吵醒了，板眼这才爬起来，一边揉眼睛一边一个劲地说大耳朵不像个大老爷们。大耳朵有苦难言，直诅咒到天亮。

第二天，倔强的大耳朵黑着脸柴也不砍提前回家了。

板眼自大耳朵走后再没有与寡妇调笑，而且与同伴话也少了，只知道吭哧吭哧砍柴，每天比别人多砍三捆。后来，柴拖回家，板眼给了四担柴给大耳朵过年。

　　大耳朵感动了。正月初一，带着老婆和几个梯子塔一样的孩子给板眼千恩万谢，说了一箩筐好话。

　　板眼笑了笑，牵动嘴角想说几句什么，终于什么也没说。

　　从那以后板眼不太乐意别人喊他"板眼"。

　　板眼有个堂堂正正的名字——李大福。

金　子

呵嚅，不得了，不得了，有人在张木林承包的抛荒地里挖到了金子！这个不知从哪个旮旯里冒出来的消息，像野地里的转转风旋得土沟岭的老老少少昏头涨脑慌了手脚。于是男男女女老老少少野蜂子一样倾巢出动拎锄扛锹，涌到了那片屁股大的荒地。个子瘦小缺了一颗门牙的张木林怎么也拦不住淘金的人们，立在一个土包子上扯着嘶哑的嗓门：你们都是神经病，糟蹋了我的地我就不信能刨出金子，你们挖地可以，但不能拉屎一样乱撒，必须把土送到二十米外的石沟里去。

只要能挖到金子谁也不在乎多出这点力气，挖金子的人便自觉遵守这一规定。人人撅了屁股不分白天黑夜在那块荒地上锄挖锹撅，然后蚂蚁搬家似的把土运到那个石沟。

荒地一天天凹下去。石沟一日日凸起来。

张木林让女人煮了半生不熟有盐无油的萝卜白菜，蒸了干干巴巴瘤瘤歪歪的粗面馒头，端到荒地上高价卖给红了眼一心只想挖到金子的人。

半个月过去了。挖金子的人们彻底绝望了。

石沟被填平了。那块荒地变成了深一丈宽窄各七八丈的大坑，像一个黑洞洞嘲笑的大嘴。除了有人挖到一个破铜壶从收破烂的手里换了三块皱巴巴的零钱外，别说金子，连一寸铁的影子也没有。挖金子的人带着磨了半截的锄头铁锹和一身疲软骂骂咧咧空手而归。

一场大雨很快从天而降，那个大坑注满了水成了一口不大不小的水塘，成群的青蛙很快在这儿生儿育女整天咕咕哇哇把荒地变得异常热闹。张木林在水塘边盖了一间红砖小屋，随后向水塘里投放了从镇上买回的一万尾罗非鱼，又在被土填平的石沟上种了两百棵桃树。

春来冬去，冬去春来，鲜鱼上岸，桃子落地。张木林和老婆在土沟岭第

一个戴上了贼亮贼亮硕大硕大的戒指首饰。

那个冬日，在镇上的酒馆里，穿着皮衣刚刚卖完了一网鱼的张木林一连灌了几杯酒。张木林眨巴着罗非鱼似的又凸又红的醉眼，划着戴了戒指的手结结巴巴：我那、那块荒地上其实狗屁也没有……金子是是我说的慌……他妈的全都信……我手上的金子才才才是真的……

人们大惊失色。

那天晚上下了一场薄雪，张木林一夜未归。

人们第二天顺着歪歪扭扭深深浅浅的脚印寻到张木林的那口水塘，发现了被鱼咬得目全非的张木林的尸体。县上的刑警带了吐着舌头的警犬绕着鱼塘忙了一个上午。

验尸报告上写：张木林系酒后失足溺水致死。

张木林后来埋在了那片桃林里。

第二年张木林桃园的桃花开得特别艳，艳得扎人的眼。艳艳的桃花却在一个

无风无雨的夜里突然谢了，落红一片，像一摊血。

可　乐

　　事件是从一瓶可乐饮料开始的。事件的女主人公小孟那天跟男朋友老安吵了一架。脾气倔强的老安推了小孟一巴掌后，摔上门走出了他们临时同居的出租房。

　　小孟觉得很委屈。记忆里似乎父母也没有动她一根手指头。小孟就开始怀疑她和老安之间的爱情了。流了一阵眼泪后的小孟回忆了跟老安恋爱的前前后后，想了半天也没有确定老安是不是对自己真爱。

　　小孟就有了一个主意。小孟用唇膏在手腕上划了几道鲜红的印记。然后找了一瓶可乐，使劲晃了晃，启开了。黄白相间的泡沫就喷出来了。喷了小孟一脸。

　　小孟拨通了老安的手机。老安没有接。小孟一咬牙发了一行字：姓安的，你等着回来收尸吧。

　　几分钟之后小孟的手机就响了。小孟没有接，而且关机了。小孟笑了一下，大口喝了一通可乐。可乐黄白相间的泡沫就挂在她的嘴边了。小孟就伸展四肢仰面躺下了。

　　十分钟后门被咂地踹开了。小孟听见了老安熟悉的脚步声。随后又听见了老安带着哭腔的直嗓子："小孟，你怎么啦！"

　　要在平时小孟一把就搂着老安的脖子了。但现在她不。她要看看老安的"表现"。小孟屏住呼吸闭着眼睛一动不动，任凭老安把她的胳膊摇得生疼。

　　老安后来突然就跑出去了。

　　小孟在心里哼了一声。见死不救，撒手不管，果然是个没有良心的东西。没准是想逃脱责任溜之大吉了。

　　小孟闭着眼睛躺了几分钟忽然觉得没有什么意思，就准备起来。这时候又听见了老安急促的脚步声和带着哭腔的声音。老安说："小孟你怎么这么傻你一定要挺住呀！都是我不好我该死我该死啊！"

小孟差一点笑了出来，但她忍住了。这个时候要继续装，看老安怎么忏悔。

小孟没有听到老安的忏悔，却听见救护车由远而近的"呜哇呜哇"声。小孟的头皮噌的一声炸了。她意识到了什么睁开了眼想坐起来，一双胳膊却被老安抱住了，转眼就被抱出了门。小孟用腿蹬着老安一边说："你放下我，我没有喝药！"

满脸泡沫的小孟被老安抱向了救护车。

小孟用手用脚阻止自己被老安塞进救护车。但一切都是徒劳。力气很大的老安在两个护士的配合下几下就把小孟塞进车里了。

小孟只好用嗓子喊了："我没有喝药我喝的是可乐！"

没有人听小孟喊什么了。因为小孟的嘴很快被氧气罩捂住了。她的一双手也被死死按住了。她听见了救护车刺耳的"呜哇呜哇"声，还有老安断断续续的哭声。

"呜哇呜哇"载着小孟的救护车很快开进了医院。迎接她的是戴着口罩如临大敌的急救室医生。小孟瞅准机会揪出一只手扯掉了氧气罩，歇斯底里地说："我没事我没喝药！我喝的是可乐呀！"

小孟的嘴转眼就被堵住了。这一次是一根粗大的白色塑料管子。医生按照程序给小孟灌肠洗胃。小孟听见一个医生说："你说你喝的是可乐，有的人还说他喝的是香槟呢！"

医生忙起来了。按部就班分工合作配合默契。一阵翻江倒海般的难受涌来的时候，小孟就什么也不知道了。

小孟醒来的时候躺在洁白的病房里。头上是几大瓶药水。小孟意识到了什么突然想坐起来，一阵晕眩又向她袭来。再睁开眼，是老安憔悴的脸。小孟这一次坐起来了，掀了被子要下床，被老安按住了。

小孟说："我说了我没有喝药我喝的是可乐，是可乐饮料，你们为什么不相信我为什么折腾我？"

老安抚着小孟的手："医生说了你现在需要休息。医生说你需要继续观察。"

小孟摔开了老安的手，一伸手把左手上的针拔了："医生说医生说！为什么不听我说？喝的什么我知道，凭什么要听医生的！"小孟吼了几句翻身下床，跑出了病房。

小孟听见了身后楼道里老安焦急的声音："医生！医生！……"

风　波

　　少年跨进小店的时候秃头的店主正在一声一声地打鼾，涎水吊了两尺。

　　少年手里捏着一张票子犹豫着是否喊醒店主的时候店主说话了。店主说小孩大爷醒着呢是买吃的玩的还是用的。少年说买一瓶墨水两支圆珠笔三个作业本。秃头店主就起了身在柜台里一阵忙活就把东西堆在了少年面前。少年递了票子看着店主把票子装进了贴身的衣兜又看着店主的嘴唇一张一合算账。

　　后来店主就找回了几张零钱。

　　少年把店主的手推了回去。少年说大叔你找错了。

　　店主说什么错了墨水一块五圆珠笔一块五作业本一块五总共四块五找你五块五错什么。店主说毛孩子我还不会算账么。

　　少年瞅着店主的眼睛说大叔东西四块五不错可你应该找我九十五块五，我给你的是一张百元的。

　　秃头店主跳了起来。店主说毛孩子大爷我做了一辈子生意连张百元十元的也分不清么。店主说小小年纪敢在大爷我面前耍赖老师是怎么教你的。店主从兜里掏出一张十元票子甩到了少年眼前：瞅瞅看这是百元的么。

　　店主的嚷嚷声引来了一群围观者。店主来了精神提高了嗓音：大家瞧瞧一个毛孩子竟然耍到了我的头上来了这社会他妈的简直真是……

　　少年在众目睽睽之下抹了一把脸上的唾沫星子。后来少年又说话了。少年说大叔我用用你的电话吧。

　　店主说用吧用吧五角钱一次快叫你家大人把你领回去别在这儿丢脸了。

　　众人盯着少年的手。后来店主张大了嘴。店主看见少年拨了三个数：110。店主又听见少年不慌不忙跟警察说了与店主的争执和商店的位置。

　　围观的人伸长脖子巴望着一场好戏。

两个警察在两分钟后赶到了。秃头店主抢先说警察同志来得好这毛孩子给了我十元票子买东西，找他零钱的时候硬说给了我一张百元票子气死我了。店主又对围观的人说大家评评理谁会叫一个毛孩子拿张百元票子买几个作业本子。

少年一直没说话。等到店主不说了的时候对警察说：叔叔我真的给了他一张百元的他把钱装到左上边的兜里了。

店主又跳了起来。店主说我兜里的钱多得是。店主边说边从衣兜里掏出四五张百元票子。店主把票子在少年眼前哗哗地晃着。你说说哪一张是你的。店主气急败坏又一脸得意。

少年又说话了。少年说警察叔叔我那张百元票子是 1999 年版，号码为GJ76991314，肯定就在这几张票子里面。

警察半信半疑地从店主手里拿过来票子一张一张地看。店主还没有回过神来的时候警察说话了。警察说不错是有一张号码 GJ76991314 的。

店主在人们的笑声中再一次跳了起来。店主说不可能这怎么可能。店主的声音明显少了底气脸紫到了耳朵根子。

警察把那张百元票子递给了少年拍了拍他的肩。警察说小同学好记性啊。

少年的脸红了。少年说这算啥才八个数字，圆周率我都能记到小数点后面一千二百多位呢。

玩　儿

　　老安是在夜晚被一辆黑色高级轿车接走的。坐在车上的老安和司机几乎一言不发。这是规矩。玩古董的老安知道，今晚又要去"品玩儿"了。

　　老安曾经是个正儿八经的文化人，年轻的时候喜欢唐诗宋词，后来迷上了古玩儿，不几年就把古玩生意玩火了，成了小城里顶尖的玩家。文雅的老安在大堂里挂了两副条幅：未能随俗唯求己，除却玩瓷都让人。

　　老安广结人缘，特别是和官场。老安知道，搞古董古玩儿是一个担风险的活儿，想挣钱得打"擦边球"，古董和古玩就一字之差，弄不好就要吃官司。如果摆平了关系，倒卖一两件文物，就是在玩古玩，玩儿。

　　老安玩出了水平，玩出了效益，更玩出了名声。隔三差五有人请他鉴赏。私下里，某个官人收了别人的古玩瓷器，不知真伪，或者看"货"值什么钱，然后再办多大的事，找到老安，悄悄接到府上鉴赏一番，打个价，之后顺便给老安一个红包，有时候还伺候一顿酒。老安既结交了官人有了面子，又有了时多时少的收益。老安这个玩儿，的确玩出了"高难动作"。

　　老安把悄悄替官者鉴赏古玩的活儿称作"品玩儿"。现在，在这黑夜，老安又被接上轿车前去"品玩儿"。外表平静的老安内心翻腾着极大的快感。

　　轿车在一座别墅式的楼房前停下了。老安没有想到，迎接他的主人，竟然是掌管着本城文教的大人物。老安知道，自己经营的古董店特别许可证就是这位领导签署的。说直接点，自己的生杀大权几乎就掌握在这个人的手上。

　　例行的寒暄之后，领导直接把老安引进了书房。案几上，摆着一件瓷器。老安一见，当下愣了——这个东西，一个星期前还在自己的手里呀。

　　几天前，一个年轻人找到了他，直言不讳地说，在外地教书的他找了本城的老婆，一直没有调进来，想买件古玩送礼办一下调动，听说那位签字的领导喜欢古玩。老安知道，有的官人谨慎，收现金怕担风险，改收古董和名

人字画了，因为这些东西没有明码实价，而且还有升值的可能。老安权衡再三，将一只清朝晚期的青花龙凤瓶以 3000 元的价格卖给了那个老师。这是老安不久前在京城花 2000 元淘回来的。老安不想在这个和自己当年一样贫酸的年轻人身上狠"宰"一刀。

看见眼前这个瓷瓶，老安才知道，那个老师是给这位大人物送礼。

领导突然说：老安，这是哪朝哪代的东西，成色品相如何，你看能值几个钱。

走神的老安被领导的话提醒了。老安说，哦，我看看。

老安对这个瓷瓶已经十分熟悉了，但仍然装作认真又小心地观看，摩挲，一边在心里琢磨。毫无疑问，这件东西的价钱将决定那个年轻教师的命运。如果说出卖出的原价，区区 3000 元，这位领导未必看得上。那老师的礼岂不白送了？

老安犹豫了一下，眼睛一亮：好东西，好东西呀！

领导一听，来了兴趣：说说，怎么个好？

老安指点着瓷瓶，显得十分激动：中国有定窑、汝窑、官窑、哥窑和钧窑五大古窑，这件青花龙凤瓶，应是宋太观政和年间汴梁官窑所造。你看它莹白通透，温润平实，花纹华丽，形制优美。好瓷呀。

那，它市场价如何？眼前的领导很有些急迫。

老安躲着领导的眼睛：这个嘛，古玩古玩，一时似乎没有定论，不过——老安突然用肯定的语气说，根据现在的行情，至少，它值这个数——

老安伸出了两个指头。

两万？领导似乎不很满意，语气中带着一丝失望。

老安急忙把两个指头分开了一些，说：不，八万！

八万?! 你肯定？领导的眉宇间飞出了惊喜。

对。而且，以后还会升值，市场前景绝对看好……

从领导家里出来，老安出了一身冷汗。他没有想到自己竟鬼使神差"忽悠"了大领导一把。古玩看走了眼实属正常，可说出八万的价钱也太离谱了。

第二天，一个人拎个大包走进古玩店。正在喝茶的老安定睛一看，吓了一跳，那人正是买古玩的年轻教师。

那人把东西往柜台上一搁：大哥，我是来谢你的。我的调动办成了，而且安排我在教导处工作，还安了个副主任职务。感谢你帮我挑的礼物。年轻

人边说边把一大包礼品推到了老安面前。老安如梦方醒，忙说：祝贺你，别这么客气。

晚上，收了礼品的领导让司机又把老安接了过去。

有些醉意的领导说：听下面反映，你好像和文物沾点关系，以后得谨慎点啦。不过，有我在，你也可以放心，只是嘛，别太出格喽。老安忙说：谢谢领导。

领导走到那个瓷瓶跟前，话题一转：老安啊，有件事你得帮我想个办法，你看，我现在急着用一笔钱，我想了一下，你就把我这个瓷瓶拿去吧。价钱嘛，你也说过，至少值八万。我也不是个贪财的人，你给我七万八就行了。

老安一时懵了：这个这个——

领导拍了拍老安的肩膀：噢，钱吗，你也不用急，过两三天给也不迟。这瓷瓶嘛，你就先带回去，对你，我能不放心吗。好了，我让司机送你，我还得看几份文件，没有办法，我忙啊。

半个小时后，老安回到了古玩店。看着眼前又回来了的瓷器，老安连抽了自己两个耳光：我他妈的愚蠢到家了玩了十几年古玩怎么被那狗日的给玩儿了……

瓷瓶被老安拂到了水泥地板上。

明亮的灯光下，一大片冰冷的瓷片莲花瓣似的散落在地上。每一片瓷片都映着老安痛苦的脸。

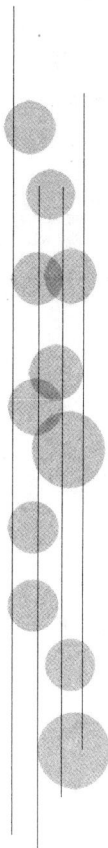

拔 牙

那个周末的晚上女人甜蜜地侧卧在老安怀里。橘红色的台灯把宽大的席梦思床制造出梦幻一样的感觉。

老安晚上大都在应酬场上，很少像今天这样早跟女人上床。女人有些激动，女人浴过后的身子微微发烫。老安女人酝酿着爱的高潮。

这时候电话响了，是老安的手机，就搁在床头柜上。手机的响像一阵冷风吹在老安女人身上。老安没有理会，继续拥抱着女人。老安说别管它。

手机又响了。不屈不挠的声音覆盖了房间的每一个角落，刺耳，生硬。睡床边的女人呼地掀开被子抓起了手机。女人说谁呀？电话里立即传出一个沙哑的声音：呵呵，我老白呀，你是安处夫人啊，我昨天见过你——用一句话叫什么——啊对，风韵犹存——哈哈。

女人最讨厌"风韵犹存"这四个字。它其实就是"不年轻、不漂亮"的代名词。女人说我不认识你，你是不是喝多了你有什么事？女人像吃饭时碰见了菜里有只苍蝇。

电话里说，是，你说对了，我现在正跟几个哥们在一起喝酒，其实我也没有什么事，就是想问一问你和安处睡在席梦思上快乐吧？

神经病！女人摔了电话。女人对老安说你看看你认识的所谓朋友，都是什么素质。谁是老白？

老安这时候点起了一根烟。老安说就是昨天帮我们挑选席梦思的那个白经理。女人想起来了。昨天去商场买席梦思是有个什么老板跟着。最后还是他叫了一辆大货车把床运到了家里。

女人说又黑又粗的一个人竟然还叫什么白经理呢。女人从鼻子里哼了一声。随后女人拉过来被子把自己捂上，抛给老安两个字：睡觉。

这时候电话又响了。这一次是老安接的。被子里的女人听见老安连说了几声"好"就关了手机。女人就听见老安下了床开始穿衣服。女人掀开被子。女人说这么晚了你干吗去？

老安赔着笑脸，说，老白他们几个让我下去陪他们喝几杯。女人说你真听话真有出息啊，半夜了不陪自己的老婆倒去陪别人喝酒，而且是陪那样素质的人！

老安就继续嘿嘿地笑。一边继续穿衣服。后来就出了房门，把一脸怒容的女人扔在宽大的席梦思床上。

女人凌晨从一场噩梦中醒来闻到了一股酒气。老安从外面回来了。衣服也没脱的老安醉醺醺地一头倒在了席梦思上。头发凌乱的女人推了一把老安。女人说你把衣服脱掉看你喝成啥样。女人又说你知道自己酒量不行还这样往死里喝。

老安说你以为我——愿意吗——喝酒都是没有——办法的事。

女人说别胡扯了你不喝酒谁还能掰开你的嘴灌吗？你非得和白老板那样的人喝酒吗？老安说白老板怎么了——白老板我能得罪吗——人家可是大爷——让我喝酒是看得起我——我能不喝吗？老安又打了个酒嗝儿。

女人说白老板那样的人我根本就瞧不起听他说话我简直感到恶心！

老安继续着醉话，一边用手拍着席梦思。老安说瞧不起怎么的——你说你睡的这个席梦思比以前的那张床舒服吧——你知道它怎么到咱们家的——白经理买的——六千块大洋啊……

女人呼地坐了起来。女人惊诧得目瞪口呆。女人忽然觉得这个床十分的脏。似乎感觉到处都有那个白老板又粗又黑的手蹭过的痕迹。女人急忙就下了床。

老安说——怎么呀嫌床脏啊？

女人说，对，我嫌它脏，嫌它恶心！我不会再睡这张床。我说到做到！
女人痛快淋漓地说。

老安这时候似乎酒醒了一些。老安说你挺有骨气的啊，行啊，床你可以不睡，但你能不用牙齿吃饭吗？

女人愣了。女人说你什么意思？！

老安说你知不知道：你嘴里上个星期安装的那两颗进口烤瓷牙——花了整整两万八——那也是白老板掏的钱……

女人张大了嘴。久久。

天亮后女人出门了。女人进了那家著名的牙科医院。女人微笑着对牙医说：请把我这两颗烤瓷牙——拔掉。

伞 下

在公交站点等车的时候雨突然下了，噼噼啪啪很急，看样子要下一阵的。所幸我带了伞，一把宽大的折叠伞。站点一大批等车的人中，有伞的跟我一样，纷纷打起来了，花花绿绿的一片。而没有伞的，在这个露天的站点，有些焦急地等。客车在该来的时间没有来。

这时候我看见了一个女子，我走向了她，友好地说：到我的伞下来吧。

如果仅仅是一个年轻漂亮的女子，我估计没有勇气做出这样的邀请。虽然她也年轻，也漂亮——关键她是一个孕妇，一个准妈妈，未来的母亲。凸起的肚子上的衣服已经半湿了。

从她的神色上我看出她在犹豫。我说，进来吧，你看我的伞很宽，我也不胖。我笑着说。她为我的幽默微笑了。我接着说，你不是为自己躲雨，是为可爱的小宝贝呢。她似乎有所动了。我接着说，放心，我是一个警察，有困难找警察不是。

我虽然穿着便服，但当我说出这句话，她肯定相信了。随即，她迟缓地有些羞涩地到我的伞底下来了。我知道，她是被我的善意以及身份打动了。还有，她也是为了肚子里的宝贝做出了选择。

我和她并肩立在伞下，雨滴在伞布上轻唱。我们彼此没有说话。虽然是初冬，那一刻，世界却很温暖。

大巴车来的时候她说了声谢谢。我说客气啥，你也给了我做好事的机会，还得谢你呢。她回眸一笑上了车。我收了伞也在最后一个上车了。

几个月后我仍然在这个站点等车。一个女子突然指着我对一个男人说：就是他。我还在发愣的时候那个男人说：大哥，谢谢你那天替我老婆打伞，也替我儿子打伞。

我一时没回过神来。那女子说，大哥你忘记了，那一次下雨，你让我到

你的伞下来避雨，你还说你是个警察。哦，我想起来了，不过我真的没认出这个女子，那时候她是个孕妇，可眼下不是，而且，好像也不是现在这个烫发的样子。

看见我发愣，那个男人——大概是女子的丈夫说，大哥估计做好事做多了忘了。我说我想起来了，可你说替你儿子打伞——那男子哈哈笑了：当时我老婆怀着我儿子，给我老婆打伞不也是给我儿子打伞了嘛。

哦，我明白是咋回事了。我说恭喜你当爸爸了。

男人这时候掏出一支烟敬我。我回绝了，我笑着说我不会，再说，这是公共场所，也不能啊。估计男人本来是想敬我一支烟然后自己也吸一支的，听我这么说就把烟装回去了。

男人说，大哥，这年月像你这样做好事的人不多啊，都多一事不如少一事。我说哪里啊，举手之劳做点好事心里也舒服啊，如果那天是你，碰见这样的情况，你也会啊。

男人憨厚地笑了，他很肯定地说：嗯，我也会。

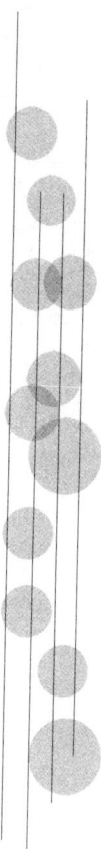

伸 手

那天晚上加班回家的时候赶上了单位对面的 48 路末班车。等刷卡的时候他自己都笑了：原来掏出来的是一张饭卡。他赶紧再去掏，才知道因为匆忙，出办公室的时候忘了拿包。不仅公交车卡没了，而且眼下是身无分文的穷光蛋一个。

那时候下车已经来不及了，因为公交车已经上路了。他把身上仅有的四五个口袋都掏遍了，正不知道怎么好的时候，吱的一声，公交车的刷卡器响了。他这才看见一个小伙子伸过来的胳膊。

是的，一个陌生的小伙子伸过来一只手，替他刷的。

很明显，小伙子是从车厢的一个座位过来的，也就是说是小伙子替他刷的卡。

他说这个——小伙子说，大叔，就是一块钱嘛。这时候他和小伙子坐到了一起。因为是末班车，座位很空，车上也很安静。他说这个——小伙子说，大叔，你肯定要说谢谢我，还要说我做好事学雷锋是不是。他说不好意思，真的忘了带公交车卡，这样我就欠你一份情了。小伙子说大叔，其实我也一直想表达我的感激。小伙子说大叔你不记得你也是在这个车上碰见过我……他说我不记得，再说每天谁不碰见谁呀，我还是没有明白你的意思。

小伙子显然有些犹豫。后来他看见小伙子像是做出了一个决定。他说大叔，有一次我伸手准备去掏一个包，刚拉开我前面一个妇女背包拉链，你忽然就伸过来一只手，你记不记得？

他想起来了，似乎有这回事。但他没有回答。

小伙子说那天你伸手比我今天替你刷卡的速度要快得多。小伙子似乎想幽默一下。

他说是吗？小伙子说那是我第一次在公交车上"干活"。他说不好意思你的第一笔生意被我弄黄了。小伙子说是啊，当时你抓住我的手的时候我另一个手已经握着了一把刀子，我只等着你吆喝，当时我已经准备豁出去了。可是你没有吆喝，而且你很快松了我的手。虽然我另一只手握着一把刀子，可我已经吓出了一身汗。小伙子说你虽然松了手，但你松手的前一秒，用眼睛盯我了。

小伙子说到这里咽了一口唾沫，接着说，那眼神我很熟悉，就像我死去的父亲以前在我做错了事的时候，也是那样盯我的。

他说小伙子，你很聪明，也善于表达，你不是在讲故事吧。

小伙子说大叔你听我说，后来我想，如果那一次，不是遇见你，而是别人，我肯定就进去了，我不仅仅是因为在车上盗窃，会因为伤人进监狱。想想都后怕。

听小伙子说到这里，他也有些后怕。原来这小伙子行窃的时候还两手准备了。

他说小伙子你现在——小伙子说我正要说呢，你看我现在像是干那活的人吗？呵呵，从那一次以后我就洗手不干了，其实也不是洗手不干，因为那是第一次，我也没干成不是。小伙子笑笑说，我现在在一个饭店干活，这不，刚下班，就碰到你了。

他松了一口气。他没有想到因为出手了一次几乎改变了一个人的命运。他想不起来当时为什么那样做，也许是看着他还很年轻很稚嫩吧，也许就是突然地一下心软吧。他不知道他那样做是不是对，但对这个小伙子来说，是对的。至少，今天，在他不能刷公交卡的时候，有一双手伸过来了。

这么说，他那一次的出手，是正确的。他伸了一双该伸的手，铁钳般的手，又是，温暖的手。

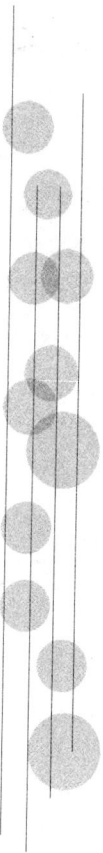

业　务

　　局长住院的时候单位业务很忙。除了司机接送局长家属上医院看望、送饭外，还需要一个整天陪着局长的人。也就是说得一个人专门伺候局长。

　　大家就都想到了老梅。

　　局机关不大，人也不多，除了老梅，个个都是业务高手。大家都知道，业务干好了，就有当科长的可能，就有当局长的可能。

　　所以大家低着头猛干业务。

　　特别是老刘。老刘三十岁才开始接触电脑，几年下来，专业超过了科班的学生。大家说，老刘最有希望。看着老梅喝茶看报的样子，老刘急了。老刘说：老梅，你真是个老霉，整天霉头霉脑。知识年代，业务不行，这辈子还有什么指望。

　　现在，局长病了，需要一个人。大家自然都想到了老梅。大家业务忙，脱不开身，就不懂业务的老梅闲着。

　　副局长也想到了。就征求老梅的意见。老梅嘴上说行啊。老梅心想，闲着也是闲着，别说是伺候局长，以前我还伺候过几头猪呢。

　　老梅就去了医院。就床前床后地忙。就楼上楼下地跑。就整夜整夜地陪。

　　局长出院的时候胖了五斤。老梅回办公室的时候瘦了八斤。

　　局长出院不久就提了老梅当科长。局长说，老梅不懂业务，跑个腿还行。

　　当了科长的老梅醒过了神儿。就围着局长鞍前马后忙。就一趟趟往局长家跑。就中午晚上在酒桌上陪。

　　后来局长又提拔老梅当了副局长。再后来局长退位的时候又推荐老梅当了局长。

　　老梅就成了梅局长。

　　当了局长的老梅坐在了老板椅上，转了一个圈，又转了一个圈。这时候

就看见了老板桌上蒙着红绸布的那台电脑。老梅想，是个摆设也得让它开着，不然手下懂业务的会笑话。

老梅就去开电脑。却怎么也打不开。还出了一身汗。

老梅就笑了。手下有一帮干业务的，看把自己愁的。

老梅就想到了业务最好的老刘。

老梅就伸出一根指头，拨了几下免提电话。

老刘说局长你找我。

老梅说到我办公室来一下。

老梅很快就听到了一下一下很谨慎的敲门的声音。

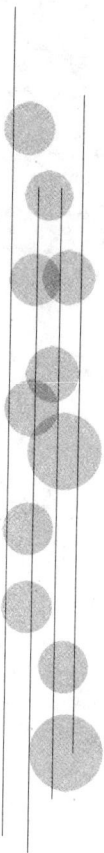

威　胁

出差到一个城市，打电话找到了一个几年没见的同学。问他在哪儿，说在人才市场。我说怎么，你这个大主任也下岗了在找工作吗？他说不是，是给公司招个人儿。

很快，我打的赶了过去，在二楼拥挤的人流中找了许久，终于看见了老同学的摊位。老同学给我拖了一把椅子，又递过来一瓶矿泉水，然后说到了招聘情况。他所在的公司办公室要招一个文秘，负责日常文字材料。本来是公司的一个副经理和他一同守摊儿，眼看快到中午，一个电话把副经理招到酒桌上去了，招聘的活儿，也就撂给他了。

正说话间，来了一个二十多岁的女青年。她刚把毕业证拿出来，我这位同学就说，对不起，我们老总有要求，这次招聘，只限于男性。女青年红着脸合上毕业证，走了。我很奇怪：现在不是时兴招女秘书吗？同学解释说，是有这种情况，而且专门要漂亮的花瓶一样的女秘书。不过我们公司要招的是能干活、能加班的人，男同志合适。再说一旦招聘女性，很快将面临恋爱、结婚、生子，麻烦。我说，你这不是性别歧视吗？同学一摆手：哪里，实事求是嘛。一会儿，又来了一个戴眼镜、书生模样的青年。他先把某中文系的毕业证摊开，随后又拿出一摞文学获奖证书，还有一大本已发表的作品复印件，摊了半桌子。

我想，这一次肯定满意。谁知，老同学把那摞东西匆匆翻完了，又递到了男青年手中，说：你的条件真不错，将来一定能成为作家，不过我们公司需要一般的写公文材料的，对你就是大材小用了，我觉得你更适合去应聘报刊的编辑。男青年开始有些不自在，后来又高兴起来，抱着材料挤过去了。我说，老同学，人家写了那么多正儿八经的东西，还对付不了你那些破材料？同学说，这你就不懂了，他写得了散文、小说，就不一定写得了公文。再说，

搞文的人一向清高，不好处，我们公司又不是文联，哪养得起作家。我说，行行行，你总是有理由，看来这几年你没白混。他一听这话，说，好了，别糟蹋我，这不都是现实么。

半个小时里，五六个应聘的兴冲冲而来，又一个个失望地离开。我头一次近距离看见了应聘者的艰难与尴尬，也理解了人才市场这"市场"二字的残酷。

近十二点的时候，又来了一个应聘的。小伙子长相不俗，口才很好，还带来了几篇像样的调查报告。他的"硬件"也不错，大本文凭，英语和微机都有很高的考级证，而且，他还在某大公司实习过半年，公司对他评价很高。这下，我替老同学高兴了——终于等到了一个优秀的高素质的人才。可是，我还没有高兴一分钟，我这位主任同学又说"对不起"了。

老同学一脸诚恳地说：您是我今天碰见的最优秀的人才，可是，我们公司对所学专业有限制，必须是中文或经济管理，对不起。应聘者忙说：你们招的是文秘，要求的是写作能力，这和所学专业有什么关系？再说，你们的招聘启事上也没有写明这一点呀？

老同学不急不躁地说，这是公司的要求，至于专业要求，由招聘的掌握。你可以走了。

应聘的见毫无希望，有些生气地走了。

一看这情景，我替应聘的"打抱不平"了：老同学，你们公司招聘也太苛刻了，这么好的人才都不要，太可惜了；再说，他学的是法律，这是最热门的专业，一个现代企业，最需要这样的人才！老同学喝了一口水，说，你不要激动。我不要他，自然有我的理由。我一听这话，忙问：什么歪理由？老同学认真地说：你想想，既然他条件这么好，为什么放弃了实习的大公司，或者说大公司没有选择他？这里面肯定有问题嘛。还有，你刚才都亲眼看见了，这小子竟和我这个招聘的较起真儿来了，这样的个性，肯定不适合在办公室干。

说到这里，他又压低了嗓门，几分神秘地说：老同学，不瞒你说，这小伙子的确是个人才，我也的确看好了，刚才我说他专业不合适，也是我临时找的借口。

借口？我越听越糊涂了。老同学揭谜底一样对我说：你也不想一想，像他这么优秀的人才，一旦招聘到了公司，到我的手下，对我这个主任，不是个威胁么？

坦 克

临出门王书记在镜子前笨手笨脚地扎领带。这时候老婆说话了。老婆说呦这刚上任还真不一样了，开始人模狗样了。

老婆抱着胳膊一边晃着头一边欣赏着男人。

王书记说什么话呀今天上午要去医院看一个患病的特困儿童，很多好心人捐款，我这当书记的也不能袖手旁观，再说还有媒体采访，西装革履也是对观众的尊重。

老婆说对，你这是上任后头一次露脸，形象是很重要；再说老公外面走，带着老婆一双手，你这也是对老婆的尊重，呵呵。

老婆边说边帮男人又扯又拽的。

收拾利索了王书记皱了一下眉头：去医院看孩子不知道带什么东西啊。老婆一听嗤地笑了。老婆说你新上任看来是真的不懂规矩，不过你没吃猪肉还没看见猪走啊，整天电视里都那一套，秘书早给你安排好了——见面握手送红包说几句鼓励的话，最后再一拍屁股就走人了。

王书记说这一套我也明白，我是说咱们自己看看有什么东西可以给人家孩子的。

老婆明白男人意思了，随手就从鞋柜上拿起一个盒子。

老婆说你把这个东西带上，昨天晚上一个搞什么工程的姓王的送来的，说是给咱们儿子的什么电动玩具坦克，嘁，真是太小儿科了，这年月还有送这个的，我正要当垃圾扔掉呢。咱们儿子连电脑都快不玩了呢。

王书记笑着说不是说了不收别人的东西了吗？这坦克都收了看来炸药包你也敢收的。老婆刮了一下男人的鼻子。老婆说谁收东西了这不是让你转送给患病的孩子吗。

老婆就把抱着玩具坦克包装盒子的男人推出了门。

晚上王书记和老婆在沙发上看电视。终于看到了本地晚间新闻。看到了王书记去医院的人模狗样。还看到了病床上的那个孩子抱着玩具坦克双眼发亮的镜头。王书记说唉你看你当垃圾的东西人家孩子简直当成了宝物。

这时候电话响了。

电话里说王书记我刚才看电视了看见你去医院慰问孩子的光辉形象了。

王书记说你谁啊？电话里说王书记我也姓王我昨天晚上上你家赶上你有应酬所以……王书记说哦我知道了。电话里的声音突然低了说王书记我看见你送给那孩子一个坦克不会是我昨晚上送你家的吧。王书记说是啊我正要代那孩子感谢你呢。电话里说哎呀王书记那那坦克里有有一点小意思我我我……我装了5000块钱啊……我的意思是是是……

王书记皱了一下眉头突然笑了。王书记说是吗这么说你知道我要去慰问孩子特地准备的啊。王书记又说，你的意思我明白我说老王啊这样的善事你以后可要多做啊。王书记还说老王啊你以后要可要把它做到明处咱做好事还怕吗你说是不是啊。

电话里支支吾吾王书记就挂了电话。

王书记抽了两支烟忽然对老婆说我有点事出去一下。王书记就一个人走到了夜晚的街头。

走到一个僻静处王书记拿出手机查询了白天那个医院的电话。就让值班护士找到那个患病儿童的父亲接了电话。

王书记说你好上午我们领导来慰问给你孩子带了一个玩具你知道吗。对方说知道俺孩子现在还抱着那个坦克睡觉呢一天了他也不撒手谢谢你们领导啊。王书记说因为匆忙上午忘了告诉你们，那个玩具是一个个体老板让我们领导转送的，那个老板在玩具坦克肚子里装了5000块钱，送给你们给孩子治病，这个老板请你一定收下他不想张扬请给他保密。

电话里的声音突然颤抖了说谢谢领导谢谢老板。

王书记就把电话挂了。就轻轻叹了一口气。王书记这才发现自己握手机的手心里汗津津的。

交　杯

叶三娘跟曹老先生在村后那方石垛上相会了。这是三天前定下的日子。

叶三娘换了一身干净衣服，麻丝样花白的头发梳得根根缕缕。曹老先生还穿着那件上了几十年讲台的土色上装，怀里抱着一根磨得溜光的拐杖。

日头吊在西天。山脚下能瞧见叶三娘儿子媳妇住的三间红砖房。朝上望，一道围墙两排青砖瓦房，就是曹老先生教过几十年书的学校。

曹老先生自小落下残疾，一辈子没有走出山里。读过几年私塾，后来就拄着一根拐杖进了公家学堂，教山里娃子念书识字。前年民办教师考核裁减，曹老先生第一个回了自家的土屋。

曹老先生离开了山娃子们，日子像抽空了丝的茧变得冗长空乏了。于是常常拄着拐杖一瘸一拐爬到山垛上，望远处西山脚下那座小学青砖围墙，听悬挂在校门前苦楝树上那口古钟当当。往往直到天暮，才一瘸一拐下山归屋。

叶三娘好几次去村后山坡菜地剜菜，瞧见夕阳里曹老先生佝偻的背影总是好一阵心酸。后来就找了借口绕上山垛，陪曹老先生唠几句家常，叙几段闲话。而后，刮风下雪，往往送半篓青菜到曹老先生的土屋，或在天晴日暖，帮曹老先生搓洗几把，叫曹老先生空寂的日子添了些许的慰藉。

一来二去，村子里就有了闲言碎语。话传到媳妇耳朵，媳妇很快对儿子抱怨。那个雨天，曹老先生的木门一连关了两天，叶三娘慌了神似的戴了斗笠揣了草药正要出门，立在门槛上的儿子拦住了。房里的媳妇将椅子踢得乒乓乱响。看着儿子哀哀的眼神，叶三娘低了头取下已经戴上头顶的斗笠，回屋卧在床上，一声声叹息和着屋外的雨声响了半宿。

第二日的饭桌上，媳妇自桌底下踩了儿子一脚，儿子就停了筷子，看看媳妇又看看叶三娘说：妈，你老跟曹老先生好，惹邻里笑话，叫我们后人脸往哪儿搁，咋出去做人？媳妇也说：是咧妈，爹死了，你活着我们养，死了我们葬，还图个啥，几十岁快进土的人了。叶三娘扒了几口饭回到厨房，眼泪一滴滴落到灶台上。

几日后天晴了。病后的曹老先生拖着身子一瘸一拐又爬上山垛。叶三娘拎了竹篓也悄悄来了。叶三娘抓着曹老先生瘦如鸡爪的手，声音哽咽：他叔——

曹老先生怔了许久，替三娘揩了眼泪，嚅嚅道：三娘，我恐怕在世不久了。我晓得你的心，我已足矣。你我——来世吧。三娘说：要死，一起死吧。活着你没人做伴，死了，你咋也不能做个孤魂野鬼……

叶三娘和曹老先生执手相坐许久，直至日薄西山，暮霭沉沉。临下山他们约定三天后再来这里相聚，每人带一杯药来，将这方石垛做自己的一片墓地，以了尘缘。

现在，叶三娘跟曹老先生一前一后来了。两双老眼久久凝望。西天的日头如一只灯笼，蒙蒙透着红光。

东西，带来了？许久，曹老先生问。

带来了。叶三娘从竹篓里取出一只玻璃茶杯。大半杯药液叫夕阳映得黄亮黄亮。

我也带来了。曹老先生自袖筒里也拿出一个杯子。那是他几十年饮茶的一只陶杯。

叶三娘久久盯着曹老先生的陶杯。

曹老先生久久盯着叶三娘的茶杯。

日头跌进了西山。

三娘，我们上路吧。曹老先生一字一顿说。枯瘦的脸十分庄严。

叶三娘撩了撩头发，望着曹老先生：他叔，你我在世没成夫妻，现今要去阴间，我想就将两杯药当酒，喝个交杯……

曹老先生听罢，急忙递过来手中盛药的陶杯：好好，我也这般打算，就当是喝个交杯酒吧。

叶三娘跟曹老先生互换了杯子。又双双擎起，轻轻一碰，慢慢喝了下去……

叶三娘第一个放下杯子，一把抓住曹老先生的手：他叔，你孤单了一辈子，也苦了一辈子，不应该早死。莫要怪我，我给你喝的杯子里不是农药，是我昨夜守了半宿，熬的一只干参……

你——曹老先生一听愣了，叮当，手里喝干了的药杯跌到石头上，碎了。

叶三娘死死握住曹老先生的手：是的，我不能照料你，活着不如死了。你莫要怪我，我先走了！

三娘！曹老先生颤抖着叫了一声，浑浊的老泪兀自溢出了眼眶：你刚才喝下的，也不是农药，是我用黑糖煮的一只，一只成年当归……

狗

狗的主人是一个山民。

狗与主人住在那四周是山是石是云的山旮旯里。

狗长到一岁的时候，便时常跟着卖草药的主人下山。绳子一样的山路上，那狗逮蚱蜢，撵蝴蝶，一前一后地蹦跳，似一朵飘动的云。

山下有一个小镇。每逢主人跟镇上尖脸的药贩子讨价还价卖掉一些新挖的草药，便捏着钱掖着空囊，走进镇北头一个肮脏的小酒馆，就着半斤赤紫的猪头肉，喝三两烈烈的大麦酒。那狗便有滋有味地在桌子底下穿来钻去。那牙格嘣格嘣地响。

日落西山，雾岚四起。一黑一白的主人和狗便走上了回家的山路。那人眯着眼睛哼哼啊啊，那狗扬起腻嘴不时汪汪。

如此的几次三番，那狗竟留恋小酒馆来了。酒馆有骨头的美味，又不用爬那漫长且陡峭的山路。

一个黄昏，秋雨帘子一样封在了酒馆门前，凛凛透着湿气。该上路了。那狗顺着眼睛，昂昂低鸣，不肯回去，任那主人高吼低叱，躲着迷藏，绕着圈子。

主人默然许久，寂寂地独去。

那狗遂在小酒馆安了家。

那狗渐渐长得毛亮膘肥。有时竟冲着昔日的主人汪汪，只是那吠声失却了往日的清亮。

狗的主人在半醉之中朦胧记起一句古语：狗不嫌家贫。他竟迷惑起来。

不久，狗的主人失踪了。在一次大醉之后。在狗抢夺主人手中的骨头咬破了食指之后。在摔碎了粗瓷酒盅之后。

有人说在A城碰见了他，坐进的士，西装革履。有人说他沿街乞讨，衣

衫褴褛。有人干脆说他已摔死在山崖下，喂了秃鹫，因为有人在山中拾到了他那条灰色的背囊，里面有几茎干枯的再生草。

那狗还在。愈发地毛亮膘肥。

暖暖的屋檐下，那狗伸出又鲜又红的舌头舔舔店老板的手。

新主人店老板一边打着极响的饱嗝，一边用粗粝油腻的手来回抚摸着狗那一身缎子一样的皮毛，说，狗日的，腊月下酒的狗肉算是不愁了。

树

那是一株长在小院里的乌桕。树干粗大，枝柯蓬勃。春夏绿叶满枝，如盖如伞，泄下大片阴凉；深秋霜染叶红，犹如火烧，秋风一吹，哗哗飘下一地，胜似落红。

小院里住着四户人家。一到夏夜饭后，大家噼里啪啦拖出躺椅、竹床，齐聚树下，一边摇扇打盹，听退休在家、独身一人的王伯讲月宫琼楼、阴曹地府。直到一片呵欠声响过后，才各自回屋，很快鼾声四起。秋天叶落，映红四壁。王伯拿出扫帚佝着腰一遍遍清扫，将叶子倒进专挖的坑里，沤到来年春上掏出，做各家盆花的底肥。于是又长出盆盆绿叶紫花，青枝红果。

小院人深受大树恩泽，以此为荣。倘若别人问及家住何处，小院人往往遥指，曰：乌桕树下。

这年才过秋天，冷风一刮，天降下一场罕见的大雪。小院人清早起来，雪将屋门封了三尺。这雪来得太仓促，东头刘家柴都没有备好，煤又是那样紧张。刘家丈夫急了，围着院中的乌桕树绕了十几圈。

第二天天亮，南头高家丈夫和西头李家丈夫开门出来，仰头看那天气，同时啊了一声。乌桕顶上平时繁密的树柯不见踪影，只剩几根椏子挑着。低头顺着雪地的印迹，寻到东头刘家。廊沿上，分明堆着几捆。小院人平素是不红脸的，高家丈夫、李家丈夫各自唉了一声，然后低头进屋。

北头王伯沉了脸。

又过几天，小院人关了门待在家中闷闷地烤火，忽听叭地一声脆响，跟着轰的一声如墙倒地塌。人们纷纷涌出，见那乌桕躺倒在地。南头高家父子手里拎着斧锯。小院人知道，高家儿子已选定吉日，准备完婚，只是还缺几件必备的家具。

北头王伯红了眼。

第二天，中午，西头李家丈夫甩了棉衣，撅了屁股，弓在雪地里吭哧吭哧挖那树蔸，不停地往巴掌里吐唾沫。乌柏树蔸纹细、结实，一向被锯作砧板。李家妻子早就念叨着自家砧板裂成了三块。

北头王伯倒了床。

小院此后绝了欢笑。东头刘家灶膛的火烧得不旺，烟倒特多，呛人，一天三顿，咳声不断。南头高家请了木匠，整日叮咚闷响，没有多少喜气。西头李家在剁瘦鸡，声音干瘪刺耳。鸡炖出来了，飘逸着几分乌柏的苦涩。

北头王伯家的那扇厚门一连闭了几天，只听一阵阵有气无力撕心的咳嗽。

又一个雪后的早晨，小院人开门，见院中的树坑尽被雪填满，还微微向上隆起。人们稍一对目，转眼都风一般向树坑扑去。扒开雪，是王伯僵硬的尸首。

小院里顿时哭声一片。

几天后的早上，在无言的沉寂中，小院人冒着纷飞的大雪给王伯送葬。白花黑幛，香缭纸飘。那梓棺是高家用正要做床的乌柏做成的，木工还是做家具的那几个外地木匠。

雪融冰化。来年春天，东头刘家丈夫买回一棵壮实的乌柏，舀干树坑里的雪水，栽进去。南头高家丈夫红着脸拖出铁锹，给树培土。西头李家丈夫扎起衣袖，将买回来准备盖鸡笼的红砖抱出，绕着小树，砌成一圈小墙。

冬去春来，一年年过去了。乌柏树又如巨伞立在院中，枝繁叶茂，蓬蓬勃勃，只是很少听见小院里的欢声笑语。夏天的夜晚，人们还是搬竹床、扛躺椅，到树下纳凉，但除了扇响还是扇响，再就是吸烟的男人黑暗中嘴上烟火的一暗一亮……

拽耳朵

老安是被老婆从睡梦中拽醒的。拽着耳朵。

拽耳朵是老安老婆的习惯动作。高兴了拽，生气了拽，撒娇的时候也拽。恋爱的时候老婆就看好了老安耳垂上的那坨肉。老安老婆说你这人其实就耳垂上这坨肉可爱。

现在老安被拽醒了。老安说天没亮你把我的好梦搅没了，我正梦见一大片桃花，哎呀那个香啊。老安一边说一边还闭着眼睛夸张地吸着鼻子晃着脑袋，像电视警匪片里一只努力寻找嗅源的狗。

你还桃花呢还做着桃花梦赶上了桃花运呢。老安老婆继续拽着老安的耳朵。

这一次，不是拽，是生生地捻，生生地搓了。

老安睁开眼睛，这才看见老婆撅着嘴。于是伸过来手想安抚一下老婆，却被挡开了。

老婆揉着眼睛说我刚才被一个梦吓醒了，气死我了。

老安说我以为怎么了原来是做了一个梦，说出来听听，我可是解梦高手。

哼，高手，恐怕是花肠子高手吧！老安老婆说，我梦见你搂着一个女人说说笑笑在前面走，对了，也好像是在桃花地里，你们就在我眼前，我想喊，却怎么也喊不出声，我就追你们，追呀追，就差一步拽着你耳朵了，我的一只高跟鞋断了，脚也崴了……后来就醒了。哼，气死我了！

我现在还觉得这里难受呢。老安老婆一边还揉着脚脖子。

老安说你看错了人吧。

听老安这么说，老婆本来在揉脚脖子的手又上来了。老婆说当时我的手都快够着你耳垂上的这坨肉了，那还有错?！就是你！

好好好，是我是我，可这是梦呀。耳朵被拽得生疼的老安呲着牙躲着老

婆的手。

老婆说你少狡辩，我的手机昨天接到一条短信，说男人有了外遇的症状是：单位天天加班，家务基本不沾，手机回家就关，短信看完就删，上床呼噜震天，内裤经常反穿，符合其中的三条属于疑似，四条即可确诊。昨天晚上你正好说单位加班，半夜才回家，倒头就睡得像一头死猪，哼，你这是标准的外遇症状！所以我就做了这个梦。

别疑神疑鬼了，上午我还有重要的事情要做，让你男人再睡一觉。老安回避着老婆的话题，重新躺了下来。后来，被老婆拽着耳朵的老安就又睡着了。

中午，老安和桃又坐在了桃花源酒店的小包厢里。餐桌上那盏桃型的灯把包厢的气氛渲染得十分醉人。

桃说昨天晚上你回家老婆没有审问你吧。

桃的两腮上飞着桃花一样的红。

老安说嘿嘿哪能呢，昨天晚上我回家上楼前，到附近一家烧烤店喝了一瓶啤酒，吃了两头大蒜，都把你的香味盖了。

狡猾！桃在老安的脸上亲了一下。

老安说奇怪了，今天天刚亮我老婆就把我弄醒了，说她做了一个梦，在一片桃花地里发现了我们，她说要不是高跟鞋的鞋跟断了，就追着我们了！

哈哈哈，有这样的事吗。桃笑了。

还有更绝的呢。老安说我老婆弄醒我的时候，我也做了一个梦，也是在桃花丛里，真是不可思议。

看把你美的，就是说你交桃花运了呗。

桃把一块桃花鱼送到老安的嘴里，顺势又在老安的脸上亲了一口。

老安正要嚼那块鱼，嘴突然僵住了。坐在对面的桃顺着老安的视线扭回头，看见了身后的一个女人。

老安慌忙站起身说，老婆，你，我们……

那块桃花鱼在老安嘴里吐也不是，咽也不是。

看来我的梦做对了。有一点我要说明，我不是跟踪你们，我是路过这里看见"桃花源"几个字鬼使神差走进来的。

老安老婆说话的时候一直很平静。最后，老安老婆对老安说，走，回家。

老安老婆伸手就拽着了老安那又厚又大的耳垂。

　　老安老婆在拽着老安离开包厢的时候甚至很灿烂地回头冲着桃笑了一笑。虽然只有一瞬，却像桃花一样灿烂。

　　第二天老安拨通了桃的电话。老安很谨慎地说，桃，昨天，我……

　　电话里好一阵沉寂。

　　后来桃声音低沉地说，我好羡慕她，可以拽着你的耳朵把你牵回家……

　　后来桃就把电话挂了。

　　后来桃就彻底地消失了。

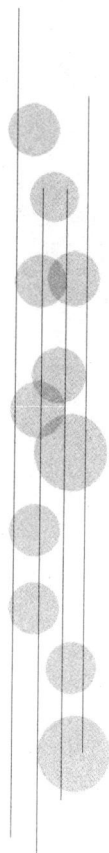

望 远 镜

　　女友是绕道来看望她的，几千里风尘仆仆。还是那种娇小可人的样子。

　　陪女友游玩了本地所有的名胜，又让女友鉴赏了她这位女主人拿手的烹饪手艺之后，她买了一张火车票给女友。

　　她要送女友去火车站。女友说，不用，千里相送，必有一别，我们俩还在乎这个形式吗，我自己打的过去。女友临上出租车时搂着她说：我真羡慕你，你家先生对你那么疼。

　　她就看见载着女友的出租车渐远渐去。

　　回到家她开始收拾女友住过的小屋。那些被褥枕巾是要洗掉的。

　　这个时候她就看见了那只望远镜。

　　搁在床头柜上的黑色的望远镜。

　　这是昨天下午在海边一个小摊子上陪女友讨价还价买到手的。女友说买回家给儿子做礼物，星期天陪儿子到动物园，可以看清楚动物的各种表情。

　　这个粗心的家伙，竟然把这么重要的东西忘了。

　　出租车肯定没有走远，是可以回来取的。她立即拨了女友的手机。

　　可是女友的手机一直占线。死丫头这么急跟谁煲电话粥呢。等过了两分钟再拨，女友竟然关机了。别无选择，她只有亲自去火车站送望远镜了。丈夫下午一吃完饭就跑了，说是几个朋友聚会。现在，只能由她来送望远镜了。

　　她匆忙拿了望远镜锁了门下了楼坐进了出租车。她对司机说，要快，火车站！开车的小伙子一边扒方向盘一边笑了：看你拿着望远镜表情严肃，不是去现场指挥解救人质吧。

　　她笑了笑埋头继续拨着女友的手机。依然关机。

　　她知道，来得及。火车发车时间在一个小时后，而这段去火车站的路程也就二十分钟。

出租车几乎是一路绿灯很快到了火车站。

拎着望远镜的她从站前广场的边缘朝候车室看去，一个有些熟悉的身影遥遥地出现在她的视线里。

她接着又看见了另一个熟悉的身影。

不错，她看清了。

而且，她手里有一架高倍数的望远镜。

她本来是用双手握着望远镜看的。这时候她腾出左手，拨通了电话。

望远镜镜头里的那个人从腰带上取下了电话，然后看打进来的号码。毫无疑问，那人犹豫了一刻，最后似乎还是决定接通电话。脸上是一种有些为难的表情。女友说得不错，望远镜可以看清动物的表情。

于是，她听见了那个熟悉的声音：老婆，有何指示？

你在哪儿？她尽量让自己平静下来。

不是已经告诉你了，跟几个朋友在一起。

是吗，怎么听见周围这么嘈杂。

噢，我们走在大街上呢。

可我感觉你不是跟大老爷们在一起。

你是说我跟一个漂亮的娘们待在一块吗。

不错，我感觉就是这么回事。不过她不一定漂亮。

看你胡扯。几个哥们都笑我了。好了我要挂机了。

那个女人就在你的旁边。她没有我个儿高是吧。哦，她的头发应该是栗色的，戴了一副紫色的太阳镜……裙子是咖啡色的……身上背的那只包是灰色的，包上还装饰了一只松鼠，对，黄色的松鼠，松鼠的眼睛是绿色的……

你——

在你接我的电话的时候那个女人在向一辆出租车招手……看来你们要去另外一个地方……火车该检票了吧，这么说她已经退票了……是去酒店吗……

喂，我——

噢，出租车来了……你们该进出租车了——是的，那个女人显然在催你，而你像个傻瓜一边接电话一边在原地转圈，像在找什么人——哦，你是想知道我在哪里……你已经转了三圈了，那个女人都莫名其妙了……好了你可以上车了……出租车的号码是7846，哦，不对，是7346……

她挂了手机。在车站广场边缘的冬青树后面。

握望远镜的手垂了下来。

一滴泪，落在望远镜的后视玻璃上。

望远镜。

黑色的。

冰冷的。

沉重的。

黑乌鸦

西装革履，领带飘飘。

此刻，身着整套白色西服的他，站在这座灰色高楼的顶端，俯看着依旧车水马龙的城市，心静如水。

这套白色西装是几年前为公司成立发布会专门定做的。他给公司取名"幸运鸟"，寓意未来的事业，会像一只幸福吉祥的鸟儿一样，在美丽的城市展翅翱翔。发布会结束后，他把西服悉心收藏了，准备下一次在他人生最辉煌的盛典仪式上再一次穿上，成为最亮丽的风景。

这一天没有到来。

他虽然浴血奋战，却在残酷的商战中败下阵来，而且一败涂地，眼睁睁看着自己为之呕心沥血的幸运鸟公司彻底破产。

今天，这套白色西装，将成为他告别这个世界的最后的礼服。

就是死，我也要站在一个高度。

他站在高楼顶端的边缘，为自己最后鼓劲。

他做好了准备。纵身一跃，掷地有声，用自己的身躯在这个城市写下一个醒目的惊叹号。

风吹拂起胸前领带的下摆，轻轻抽打着他的脸颊。他缓缓呼出一口气，扫视了脚下这座曾经让他刻骨铭心的城市最后一眼，伸展起不再沉重的双臂，然后，慢慢合上了眼睛，微微踮起了脚跟。

一道黑色的影子伴着一阵风，突然从他面前掠过。接着是惊悚的一声鸣叫。哇。

一只鸟。

黑乌鸦。

一行泪水潸然而下。他知道，这是命。连预示凶兆的乌鸦也来为他送行。一切，都是命中注定。

他心如死灰。向楼顶的边缘又移动了一小步。忽然，那道黑色的影子又一次向他扑来。乌鸦的羽梢掠在他的脸上，火辣辣地疼。乌鸦的怪叫声震动着他的耳膜。

黑乌鸦在催促我上路，我还犹豫什么。

他在做最后的决断。这个时候，他感觉到了一阵刺鼻的异味。那是鸟粪的腥热，浓烈得让他在高楼的顶端打了一个喷嚏。他差一点一头栽下去。

他出了一身冷汗。

他忽然发现自己还可以害怕。本来他是连死也不惧怕的。

他睁开眼睛，发现洁白的西服上，一团鸟粪像一片膏药贴在上面。就在鼻子底下的胸襟上。袅袅的腥热依然在。他忍不住又打了一个喷嚏。

岂有此理。

一个词语蹦到了他的脑海。

真他妈倒霉。

一句粗俗的骂跳出了他的口腔。

想不到自己临死前还要烙上遗臭万年的印记。人生失意，到头来还要忍受一只鸟的欺侮。

他的手在微微地发抖。

不能体面地生，至少，也要体面地死。如今，他连这一点也做不到了，自己的计划被一只鸟打乱了。一只乌鸦给他画上了耻辱的记号。

他发现自己还可以愤怒。

他发现自己不想就这样带着一团鸟粪离开这个世界。

他发现自己还在乎一些什么。

此刻，那只制造事端的黑乌鸦落在对面楼顶的一角，似乎在狡黠地盯着他。

他似乎听见黑乌鸦在说，你快跳哇，不要侵占我的地盘。

他似乎听见黑乌鸦在嘲笑，走哇，你去死吧，我会去你的坟头为你歌唱。

他平静下来了。后退了一步。

后来他平静地走下高楼。一步一步，走到平稳的大街上，敲开了一家干洗店。

第二天，他穿上了这套洁白如新的白色西服，走进了一家机构，注册了一个很小很小的公司。在"公司名称"一栏里，他郑重地写了三个字。

黑乌鸦。

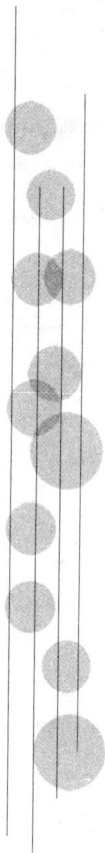

那只鞋

那场山体滑坡来得突如其来。救援人员把她抬上担架往救护车里送的时候她突然醒了。头发蓬乱的她咬牙坐了起来，双手扒着救护车的后门门框，怎么也不进去，一边直着嗓子喊"——鞋，我的鞋!"

她本来是坐车要到县城去的。没有想到走在半路上就发生了地震。山体滑坡天崩地裂，巨大的石头就轰隆隆把小客车淹没了。十几个小时后，救援人员把她从砸扁的小客车里救了出来。作为幸存者，她将被送往医院紧急救治。

一位满头大汗的护士似乎没有听清楚她的话，侧着耳朵问："大姐，你说什么?"她又一次用了最大的力气说："鞋，我右脚穿的鞋子!"护士这才仔细看了女人的右脚，的确没有鞋，是一双粗大的光脚板。而且明显肿了，黄亮亮的。护士看见女人的右腿膝盖下方，衣服掺着血水，很破碎的样子。毫无疑问，地震时候这条腿受了不轻的伤。

根据职业判断，能不能保住这条腿还是个问题。护士说现在都什么时候了，哪还顾得上一只鞋呀。护士就去扒女人的手。另一个护士也急忙说："大姐，一双鞋值几个钱? 现在救命最重要，快松了手。"

女人就是不松手。

头一个护士有些生气了："我说你这个人是怎么了! 再晚了就保不住你的腿了! 你看看你的腿都快没了，你要鞋还有什么用!"

女人仍然倔强地双手抠着救护车的门。一边直着嗓子喊："不行，我要我的那只鞋，求你们了!"女人的眼泪都下来了。

戴眼镜的医生从车里跳下来，急忙问是怎么回事。护士一撇嘴："她被撞糊涂了，非要她右脚的那只鞋。"医生一皱眉，对护士说："快，你去找一只鞋来。"

很快，护士找来了一只鞋，一只号码有些大的鞋，就要给女人穿上。女人痛苦地缩着脚，说："这不是我的鞋。我的是灰白色的敞口鞋，跟这个一样的。"女人又费力地把另一只穿着鞋的左脚伸了出来。那只鞋上满是尘土。

另一个护士急忙又跑去了，钻进那辆变形的小客车。最后，抱回来一大堆黏着血迹和尘土的鞋。一只只递到女人眼前："你自己看，哪只是你的!"女人睁大了眼睛，像看宝贝似的一只只瞅，生怕遗漏了。一只，又一只。一边的医生和护士无奈地摇头。救护车的笛声在山谷里响。

忽然，女人喊了起来："是! 这一只就是!!"

如果不是女人自己，旁边的人根本认不出，眼前的这只鞋子就是女人的，应该和她左脚一模一样的。但这一只鞋子被血水侵染过后，已经变成黑褐色了。

女人急忙把鞋子抓到了手中。女人哆嗦着手，一边自言自语："是，这是我的鞋子，是我的……"一边有些紧张地伸手去掏，很快，就从鞋里掏出了一个绣花鞋垫。医生皱着眉催促说："大姐，鞋找到了就别磨蹭了，咱们快走吧。"

女人没有答话，继续小心地伸手往鞋子里摸。在大家莫名其妙的时候，女人紧张的表情忽然放松下来，而且笑了出来。接着，女人从鞋里拿出来的手，就多了一个纸包，纸包破角处，漏出钱币的棱角来。

原来，女人在鞋子里的鞋垫下面，藏了一摞钱。众人都笑了。好几种表情都有。

女人独自摸索着钱，无力地躺下了，一边喃喃自语："在，给我上大学的儿子汇的钱……生活费……在……"女人昏过去了。但众人看见，那双合在胸前青筋凸起满是伤痕的手，是那样有力。

蝴 蝶 兰

中午放学的时候，班主任给大家布置了一个任务。

班主任说，同学们，我刚刚接到学校通知，下午教育局领导到我们学校检查。为了美化学校环境，给领导一个好的印象，学校决定下午每个学生从家里搬一盆花到学校，放学的时候再搬回去。

班主任加重语气，用鼓励的眼神看着大家：希望同学们把家里最美的花搬来，为班级争光，大家说，好不好？

好！同学们呱唧呱唧拍巴掌。

王盈回家后把搬花的事跟奶奶说了。王盈的爸爸妈妈是厂子的工人，中午不回家吃饭。

奶奶说搬吧，你力气小，别搬大盆的。

王盈就搬了爸爸卧室的那盆。

王盈和同学们把花搬到了教室，于是满教室红红艳艳的。班主任让大家把自己的班级和名字写在纸条上，再把纸条贴在花盆的盆底上。最后，和其他班级的花一起摆在了学校的台阶和走廊上，还有几盆花挑出来摆在了学校会议室的圆桌上。

下午，王盈和同学们在校门口的风中等了一节课的时候，几辆车开进了校门。王盈和同学们用刚刚擤鼻涕的手使劲拍巴掌。呱唧呱唧的声音在风中很响。

领导被校长领着在学校转了一圈，就走进了会议室。坐下来的时候，领导看着面前的花，眼睛一亮，说，好漂亮的蝴蝶兰。

领导后来去吃饭的时候，校长让校务主任悄悄把花搬进了领导的车后厢。

晚上放学大家领回了自己的花。王盈的花却没有了。

班主任对大家说：同学们，我告诉大家一个好消息，猜一猜我们班谁的

花最美丽？是王盈同学的。王盈同学的花作为我们学校的礼物送给了领导，这是我们班级的光荣。

班主任带头鼓掌，同学们也跟着呱唧呱唧拍。同学们把羡慕的眼光投向了王盈。

晚上，王盈在饭桌上高兴地对爸爸妈妈说，老师今天表扬了我，因为我的花最美丽。

爸爸说什么花？王盈就说爸爸卧室的花呀，我搬到了学校被学校当作了礼物呢。

爸爸一听扔下饭碗去了卧室，回来就拍了桌子。王盈躲进了房里。

妈妈说不就是一盆破花么，看你把孩子吓得。

爸爸说你知道个屁，那是有名的蝴蝶兰，我养了三个月，说好送给厂长的。厂里这几天要研究下岗。我都和厂长说过我有一盆蝴蝶兰。

晚上，挂着泪花儿的王盈搂着奶奶说，奶奶，为什么领导都喜欢花呢？

奶奶说，傻孩子，领导家别的东西都不缺呗。

王盈在奶奶怀里就一遍一遍说：蝴蝶兰，快回来，蝴蝶兰，快回来……

第二天放学的时候，班主任正在布置作业，一个人搬了一盆花站在了教室门口。班主任走到了教室外，一会儿搬进来了那盆花。王盈看见，那是自己家的那盆蝴蝶兰。

班主任说，同学们，上级领导说收学生的礼物不好，就让司机送回来了。

晚上吃饭的时候王盈突然把蝴蝶兰搬到了爸爸眼前。板着脸的爸爸终于笑了。爸爸没吃完饭就匆匆走了。走的时候搬走了那盆蝴蝶兰。

晚上，王盈搂着奶奶说，真有意思，我说蝴蝶兰快回来，真的就回来了。

奶奶说现在你希望蝴蝶兰回来吗？

王盈想了想就摇摇头。

王盈在奶奶怀里就一遍一遍说：蝴蝶兰，别回来。蝴蝶兰，别回来……

对 不 起

　　鼾声如雷的老王被老婆摇醒的时候听见了手机的声音。老王老婆从来不主动去接他的电话。用老王的话说这是规矩。

　　手机就在床头柜上。老王一伸手就够着了。谁呀！老王喊了一声。

　　先生你好，对不起打扰了。

　　因为是在深夜，手机里的声音很清晰。一个温柔美丽的女声。

　　知道打扰了你还打电话，神经病！老王骂了一句叭地挂了电话。

　　老婆说这声音真温柔真好听你怎么就一下挂了呢。

　　老王从老婆的语气里闻到了一股醋意。但他没有理会。酒后的他实在太困重新躺下了。

　　电话又响了。

　　喂你怎么回事？

　　老王冲着手机又吼了一句。你有完没完！

　　电话里还是那个温柔的声音：对不起打扰您休息了先生您是王先生吗？

　　老王说我是王先生又怎么样你想干什么？

　　电话里说您好王先生我是得月楼的刘小姐，您今晚是不是在得月楼消费过？

　　老王更加火了：我消费了又怎么样？你想干什么？半夜打电话你什么意思！神经病！

　　老王忍不住再一次把手机关了。岂有此理什么破酒店半夜竟然把电话打家里了！老王边躺下边咕哝了一句。

　　老婆说这话该我问你了。你怎么会把电话给人家酒店的刘小姐？你是不是让人家刘小姐抓着什么把柄了或者给人家许诺了什么？

　　老王老婆的语调不高不低语气不紧不慢。

老王说你胡扯什么肯定是电话打错了再就是一个神经病！快睡觉我困死了！

老王老婆说你困可人家刘小姐一点也不困，人家惦记着你呢。你信不信人家还要再把电话给你打过来呢。

老王老婆话音刚落手机真的再一次响了起来。此刻，似乎是惊天动地。老王老婆说你真有本事，才半个晚上就让人家刘小姐如此痴情。

老王说我不接你也别接。

老王老婆说你不是说就是去得月楼请了王局长吗，不就是喝了一场酒吗，怎么就冒出了一个刘小姐呢。老婆还说你要不接电话人家小姐想不开寻了短见怎么办呢。老婆还说你心里没鬼怎么就不敢接这个电话呢。

老王说行看我敢不敢接。

老王恶狠狠打开手机。大爷告诉你大爷今晚是在得月楼消费过，我喝了白酒喝了红酒也喝了洋酒花了三千五！但大爷我埋单了一分不差你想干什么！

电话里依然传出那个声音——对不起王先生是这样的，您在酒店消费以后——老王立即把话题接了过来——我消费以后就是请人洗了脚按了背，我们是腰部以上绝对没有违法乱纪！你还有什么话说！我酒喝多了别再打扰我！我要睡觉！

老王第三次把电话扣了。

老王老婆哼了一声。我终于明白了，原来你喝酒后还去按摩了！谁说腰部以上就不能违法乱纪！难怪人家半夜把电话打来了，人家是想找你回去把没有违法乱纪的事继续进行下去！

电话第四次响了。

老王老婆这一次毫不犹豫接了电话。

老王老婆说小姐你不用说对不起是我们家先生应该给你们说对不起——他没有继续违法乱纪给你们提供挣大钱的机会！不过他今天确实喝多了什么也干不了了，让他明天去可以吗？

电话里传来有些急了的声音：对不起你是王太太吧是这样的——

你废话我不是王太太你以为是他的三姨太啊，有什么事你快说！

王太太你误会了是这样的——

误会——你一遍又一遍把电话打来娇滴滴一口一个王先生还说我误会！你以为我是傻子还是聋子！

　　对方温柔的声音几乎要变成哭腔了：王太太你们听我把话说完好不好，你家先生在我们酒店足疗消费时可能因为喝多了酒他——

　　他怎么了他还非礼了你不成你怎么不去报警？

　　不是不是王先生把一个装合同的黑包丢在足疗椅缝里了，我们刚才清理打扫的时候发现了……喂王太太你们在听吗？希望你们明天早晨过来取别耽误了你们的生意……不好意思打扰你们的休息了，对不起……

目 的 地

那天他寂寞得特别难受，一连打了几个电话，几个平时要好的朋友不是有事就是电话不通。于是他咣的一声带上了门，走出了憋闷的屋子。

来到路边，他伸手理了一把额前杂乱的头发，不曾想，这个随意的动作，招来了一辆出租车，戛然停在面前。本来毫无目的的他于是突然决断：坐出租车随便转一转。

当他坐进车里才发现，开车的是一位女司机。他立即打了一声招呼：你好。

女司机回应了一句"你好"后按下了计价器，问：请问先生去哪里？

去哪里？对呀，我去哪里呢？有那么两分钟他发呆了。他也不知道自己要去什么地方。

前面很快就要到一个十字路口，他知道，出租车司机急于等待他的回答。于是他说：是这样，去哪里我还没有想好，你就拉着我随便转转吧。

女司机愣了一下后脸上就积蓄了一些疑惑。

他理解对方的心理，于是急忙从衣兜里往外掏钱。

他要急于向这位女司机证明自己有能力支付车费。

你放心，我有钱。等他把一把凌乱的钞票掏出来的时候，却发现钞票里面还裹着一把折叠的多用刀。这是他前不久通过网上邮购的所谓瑞士军用刀，闪亮而又精巧。

噢是这样，出门前我刚用它削了一只梨，顺便就把它装进了兜里。

他急忙解释了一句，把多用刀装了进去。随手又掏出一个小本：你看，这是我的工作证，你放心，我不是坏人。

女司机再没有说话。出租车在市区内左冲右突。

我今天几乎没说一句话，差点把我憋死了。

他试着找了一个话题，希望打破车厢里的沉闷。

不知道你有没有和我一样感到寂寞的时候。

说出这句话他突然觉得不妥，急忙改口：我是说感到很孤独想找人说话的时候。

女司机说我每天一上车就要跟人打交道，见得最多的就是人，所以没有这样的时候。

女司机的语气里有一些不耐烦的成分，他听得出来。好不容易有了话题，他试着想把谈话进行下去。

噢我知道了，你和我现在的心情刚好相反，你最烦的是人。我不知道这样说对不对。

有一会儿女司机没有吭声。几分钟后她问：先生，你真的没有目的地吗？

真的，要不，你帮我选一个，我相信你的眼力。

他想幽默一下，于是用玩笑的口吻说道。

女司机听罢仿佛做出了决断，一打方向盘，向另一个街区开去。他放松自己，头靠在车座靠背上。车窗外一家音响店在播一首歌，两句词飘进了他的耳膜：

……快乐的人那么多，寂寞的人只有我一个……

他的双手和着节拍在空中敲打着。他希望这车不要停下来，一直开到城外，开到蓝天白云倒映的河边。

下车吧，你的目的地到了。女司机什么时候已经把车停了下来。他下了车一边问：多少钱？那司机突然从里面带上了门，一加油门，开走了。

喂，你还没有收钱呐！他追了两步，只好放弃了。那车早已绝尘而去。

他摇摇头收回视线。他不知道女司机把他撂在了什么地方。

一抬头，一块白底黑字的大牌子竖在眼前：A 市精神病治疗中心。

见 面 礼

姜县长第一天上任就赶上上访的群众把政府大门堵了。

电话是坐在副驾驶位置的县长助理小卢接的。

那时候红旗轿车刚下了政府招待所门前的坡路，径直朝县政府驶去。新交流过来的姜县长暂住在招待所，定在今天上午在礼堂正式跟机关干部见面。

卢助理对着手机喔噢了几句立即让司机掉头返回招待所。然后扭头对后座的姜县长说：刚才政府办刘主任说有一百多个群众在政府门前上访，所以——

把车掉回来吧。

姜县长对已经掉转了车头的司机说。语气十分平静。

雪纷纷扬扬在空中舞蹈。轿车的黑色胶轮碾着路面嘎嘎作响。

卢助理急了：姜县长，刘主任说政府大门堵死了，车根本进不去。再说要是看见了咱们这辆二号车，那些老百姓非——

非怎么样？这么厚的雪，掀沟里也砸不坏，怕什么，往前开。

卢助理从车后视镜里看见姜县长说了这句幽默话竟然还笑了笑。

等一会你姜县长就笑不出来了。卢助理就在心里哼了一声。

政府门前不止一次出现过领导的车被上访的百姓围堵的混乱场面。后来就有了只要群众上访就让领导的车绕道或原路返回这个不成文的规定。

轿车转了个大圈又回到了原来的方向。

载着姜县长的红旗轿车很快在政府大门前黑压压的人群面前停了下来。

纷纷扬扬的雪落在沸沸扬扬的人群里。两排保安手挽手组成了一道人墙，死死守在大门外侧。

姜县长下了车，随手挡开了谁撑过来的一把伞，挤到了大门口。随后叫卢助理接通了刘主任的电话。姜县长在嘈杂的人群里跟刘主任呜呜哇哇了一

阵。最后高声重复了一句：我说了算，你按照我说的办！

姜县长向保安一挥手：把路让开！

保安松开了一条缝，卢助理赶紧把姜县长推进了大门。保安又恢复人墙把门封死了。

被隔在里面的姜县长说：我是让你们把路让开，放外面的群众进来！

卢助理急忙说：姜县长，这万万不可，这么多群众涌进机关，局面就不好控制了。再说礼堂还等着您讲话呢。

姜县长生气了。

姜县长说冻死了群众局面更不好收场，走，带群众进礼堂！

顶着满头雪花的群众就涌进了县政府大礼堂。

姜县长走上主席台抓起了麦克风。

姜县长说请坐在前面的干部们把座位让给后面进来的群众。

满身雪花的群众就毫不客气地在座位上坐了下来。白花花一大片。会场一阵噼里啪啦乱响。那些机关干部就在会场两边立着。

礼堂突然安静下来。就像一场好戏开演前的寂静。

姜县长说：请信访办主任到主席台前来。

信访办周主任从立着的人群里迅速走到了主席台前。

姜县长问：这些上访群众在政府门前多长时间了？

周主任说：他们堵了接近一个小时。

姜县长说：大家听见了，外面下这么大的雪，却眼睁睁让眼前的群众在雪地里冻了一个小时，你这个大主任怎么能忍心？老百姓的命就这么不值钱么？

周主任咕噜道：我我请示了政府办刘主任的。

坐在主席台后排的刘主任悄声说：是。我正准备向您请示的。

请示请示，等请示完了群众也就冻成冰坨了。好，我现在宣布两个决定。姜县长加大了嗓门：第一，从现在起，信访办改在机关礼堂现场办公，不准把上访的群众隔在大门外喝西北风。第二，等今天的事处理完后，信访办周主任、政府办刘主任一起到办公楼前的雪地里尝一尝雪冻的滋味。

会场轰的一声热闹起来。

姜县长又补充了一句：由我陪着，并掌握时间。

姜县长对台下一个个脸冻得红扑扑的上访群众说：我今天第一天来这里

上任，你们就送了这么个"见面礼"给我，说明大家很信任我嘛。

群众终于憋不住轰地笑了。

姜县长接着说：有来无往非礼也，下面，我也送给大家每人一份"见面礼"。

姜县长话音刚落，几大盆冒着热气的汤水就被几个厨师抬了进来。几个女服务员还抱了好几摞瓷碗。

姜县长说：我刚才提前让机关食堂准备了这些加了红糖的姜汤，请大家喝一碗，暖暖身子，然后再把心窝子的话倒出来！我也要来一碗，等一会儿我还要陪周主任他们去"赏"雪景呢。

热辣辣甜丝丝的姜汤味就在政府礼堂弥漫开了。

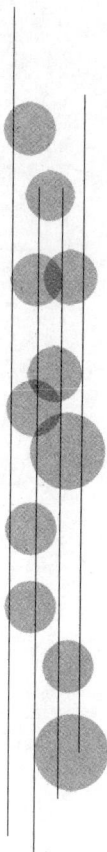

干 部 鱼

领导在一干人的陪同下，到某个乡镇检查工作。例行的检查之后，到镇上一家酒店坐下了。领导很随和，笑眯眯地对点菜的镇长说："不要铺张，有啥吃啥，萝卜白菜最有营养。"镇长说："请领导放心，到了我们这里，想铺张都不行，咱们今天点的，都是绿色食品，菜是山上种的，鱼是海里捞的，鸡是家里养的。"

山珍海味很快就上了一大桌子。领导吃得高兴，两三杯酒下肚，红光满面。看到漂亮的女服务员跑前忙后倒茶敬酒，又勤又稳，领导表扬说："小丫头，身手不错啊。"坐领导侧面负责张罗的副镇长忙对服务员递眼色："还不快谢谢领导！"女服务员脸红了，鹦鹉学舌般说："谢谢领导。"

领导很关切地问："小丫头，你叫什么名字啊？"这一次，不等副镇长催促，服务员轻声回答："我叫李秀梅。"领导说："好名字，好名字。"领导想了想，忽然又问："小丫头，你小名叫什么？"女服务员脸更红了，似乎有些犹豫。副镇长急忙催促道："有就说，领导高兴才问你呢。"服务员伸了伸舌头，轻声说："我的小名叫——麻雀……"

女服务员话音一落，酒桌上的人都笑了。领导用筷子敲了几下桌子，点头说："嗯，好，这个小名好，麻雀很可爱嘛。"领导意犹未尽，很亲切地说："小丫头，叫这个名，是不是因为你小时候瘦啊？"女服务员说："是的，我出生的时候又小又黑，我爸妈就叫我麻雀了……"领导宽慰说："女大十八变，越变越好看啊，看你现在哪像个麻雀，都赶上天鹅了，哈哈哈……"

领导这么一笑，酒桌上的人都跟着笑了。因为说到小名，酒桌上就多了个话题，气氛也就热烈起来了。这时上来了一道鱼，大家等着领导先动筷子。

领导并不急于吃鱼，笑眯眯地问服务员："这是什么鱼啊？"服务员立即报了菜名："红烧安康鱼。"领导立刻眉开眼笑："好，好名字，吃了这鱼，

平安健康，好！"领导正要下筷子，忽然又问："这安康鱼大概是大名吧，它应该也有个小名吧？"领导把询问的目光投向了挨他坐的镇长。镇长说："领导说对了，这安康鱼确实有个小名，我们习惯把它叫'大嘴鱼'。"领导用筷子碰了碰安康鱼的嘴，笑了："呵呵，太形象了，大嘴鱼，我还很少看到有像这样身子小、嘴巴大的鱼！"

这时候立在一边的女服务员哧哧笑了。领导说："小丫头，你笑什么？"服务员又伸了伸舌头，说："嘿嘿，这个鱼，还有个小名。"

领导来了兴趣，又把筷子从鱼头上收了回来："哦？这安康鱼竟然有两个小名？有意思，有意思。小丫头，你说来听听。"

一边的副镇长似乎意识到了什么，急忙打断了服务员："去去去，瞎说什么，哪还有什么小名儿！"领导有些不满，对副镇长挥挥手，和蔼地对服务员说："你说说看，安康鱼除了叫'大嘴鱼'，还有个什么小名？"

女服务员胆怯地瞅了瞅副镇长，小声说："叫，叫干部鱼……"

"——嗯？干部鱼，鱼里面也分干部和群众啊？新鲜。小丫头，接着说，这干部鱼怎么个来历？"领导盯着服务员，兴趣很大。

女服务员轻声说："你们刚才说了，安康鱼嘴大，所以，他们说，干部也是嘴大，到处吃——"

服务员最后几个字像蚊子一样嗡，但领导还是听见了，皱着眉头说："嗯，大嘴鱼，干部鱼，很形象，我们不少当干部的，确实嘴大啊……"

酒桌上冷了场，领导不动筷子，那条小名叫"干部鱼"的安康鱼就平安地躺在盘子里。副镇长狠狠地瞪了服务员一眼，笑着说："领导，当干部也辛苦啊，就像您，到我们这个穷旮旯来，就是来吃苦的呀！"领导点点头，说："嗯，说得好，当干部就得吃苦，不能光吃老百姓。"

过了一会，领导离席了。等了一会，领导秘书也出去了。大家左等右等，不见领导回来，镇长就催副镇长去看看。副镇长到吧台一问，领导已经让秘书结完账，后来又让司机拉走了。副镇长回到酒桌上一说，镇长的脸色马上变了，放下筷子沉着脸说："走！"

副镇长走在最后，对正在收碗碟的服务员咬牙切齿地说："难怪你爹妈叫你麻雀，叽叽喳喳瞎多嘴！你等着，回头看我怎么收拾你！"

告 密 者

王起当局长还没满一个月，就让人给盯上了。

上面一个电话把他召了去，当面很严肃地指出他公款消费，在本市一家高档饭店，用公款宴请以前一起当兵的几个战友，而且事后还去娱乐厅消费。

王起琢磨了一阵，说，没有的事啊，那一段时间我正好在省里学习，我能白天开会晚上长途赶回市里请客吗？领导说这就怪了，举报信上某月某日某地写得清清楚楚。

王起说你们能不能让我看看检举信。

领导说，这怎么可能，保护举报人是组织原则。领导说完后又语重心长补充道，你现在是单位的一把手，上任不久，一定要处理好权力与责任的关系啊，你回去就自查一下吧。

那天晚上王起本来是要去赴一个饭局的，结果他临时取消回家了。赶上父亲来家，窝火的他就陪着父亲喝了几杯，顺便把白天的事说了。

父亲说这样的事太正常了，俗话说树大招风，你现在得势，在风头浪尖上，当然有人盯着你。王起说这根本就是子虚乌有的事，这不冤吗。

父亲不慌不忙喝了一杯酒才接了话茬：俗话说，无风不起浪，冤不冤只有你心里清楚。俗话还说，身正不怕影子歪，你慌什么。

喝了几杯酒，又听了老父亲的几个"俗话说"，王起感到心里的火消了不少。

第二天赶上局里开会，心存疑虑的王起在例行讲话中插了一句：我希望大家在今后的工作中对我个人和我们局班子进行监督，也欢迎多提合理化建议，但是，也希望个别人摆正心态，不要散布或制造无中生有的谣言，做不利于团结的事。

半个月后的一天，正在外面的王起又接到上面让去谈话的电话。王起当即赶了去，领导又板起了脸。

领导说，王起呀，最近家里是不是准备装修啊。

王起一惊，随即又笑了：对呀，我那房子有些陈旧，想美化美化，刚才接你电话的时候，我还顺路在一家卖装饰材料的商店里看料呢。

领导说，王起呀，装修房子也就是个三万两万的事，我想你并不缺这个钱吧，可别因为这个事栽了。

王起这才明白领导话里有话，急忙说：我这装修的事纯粹是私事，难道也得向上面汇报吗？我当然拿得出这个钱。

领导说王起呀，你怎么还不明白我的意思呢？实话告诉你吧，我们又接到一封举报信，说你准备接受一家关系单位的赞助，装修房子。接受这种所谓的赞助，实际也是受贿啊。

王起有些生气：这是哪儿的事，不错，是有一个经理听说我要装修房子，说支持支持，我根本就没当回事，他纯粹是开玩笑这么说的。再说，我还没有定下来是否真要装修呢。

领导笑着说，好，没有就好，我们也相信你不是那种人。

晚上临睡时老婆说，装房子你准备找哪家公司？王起说，装个屁，这房子还没开始装修，谁就把接受赞助款的屁话捅到上面去了，真是莫名其妙！

不会是你手下的哪个副局长吧。王起老婆嘀咕说。

王起一侧身：瞎说什么，睡觉，这房子不装了。

接了几次举报信，王起在心里确实有些胆怯了。他似乎感觉有一个人在暗中一直死死盯着他，希望他早一天翻船。这让他时时想起仕途险恶这个词。任职半年后，憋了一口气的王起干脆一改过去"签字一支笔"的惯例，凡是局里涉及经济的问题，都由局班子研究，每一笔开销，正副局长少一个人签字就不能报销。这一做法很快作为经验在市里推广，王起还落了个廉洁局长的美名。

可是，举报王起的信件依然不断，隔一两个月就有一封。好在上面调查之后，证实这些都是一些捕风捉影的举报。

三年任满，王起因为政绩突出和廉洁清正，在新一轮选举中选任为副市长。在一次私下场合，纪检部门的一位科长说，王市长，你肯定得罪了某个人，实话告诉你，几年来，告你状写举报信的一直是一个人。王起平静地说：何以见得？对方说：道理很简单，因为字迹一致。要不，什么时候给你看看。

王起说：瞎说，都过去了的事。

半年后，父亲脑溢血突发去世。办完丧事，白发的母亲把一个枕头递给王起，说，老头子咽气前让我把这个破枕头给你，不知道是什么意思。王起疑惑地摸摸枕头，急忙从背后拆开线缝，掏出一大沓发黄的报纸剪贴，仔细一看，都是关于腐败官员的报道。在报纸剪贴的中间，王起突然看见还有七八张复印件。

霎时，王起的头嗡地一下响了。

眼前的复印纸上都是当过老师的父亲的笔迹。最上面一张的标题是《王起局长公款宴请的举报》，第二张是《王起局长接受赞助装修房子的举报》，第三张《王起局长准备超标更换轿车的举报》……

悬挂的人

民工二皮和小黑被四根绳子悬挂在 6 号楼的顶层阳台玻璃窗外。

现在是正午时分。蝉就在他们身下一棵树上夸张地叫，毒日头就在他们头顶上火辣辣地晃。刷完了这栋楼房的外墙，他们俩负责最后的扫尾工作，也就是清理这栋五层楼的阳台外玻璃，有一些涂料星星点点溅落在上面。

小包工头老白在楼底的树阴下喊：小心人家的玻璃啊，碎一块玻璃几十块你们俩一天挣的钱可就撂水里了。

二皮说知道了抽你的烟睡你的觉吧我们又不是第一次干。

小黑说你敢这么说老板不怕他不派活你干？二皮说不派算球这活一天才挣二十块钱，还不知道什么时候到手，再说他老白玩女人的事我知道，他怕我告诉他婆娘呢。

你们在上面扯什么闲快干活呀。老白又在下面吆喝了。老白说我现在就去买包子等你们干完了就开饭，下午还得去刷 5 号楼呢。

二皮冲着楼下说，我和小黑说你老哥好潇洒挣了钱就去快活都赶上城里人了。二皮就呵呵地笑了。

楼下的老白左右看了一眼，说你小子瞎呱啦什么小心我不买肉包子尽买菜包子你吃。老白一边说一边晃着身子买包子去了。

二皮和小黑说笑间已经快擦完第五楼的玻璃。

五楼的那户人家正在吃饭。小黑说你看那个男人怎么还穿着那么长的花裙子吃饭。二皮说你笨球死了，那是做饭的围裙。小黑说我穿着短衫短裤头也热，他怎么？二皮说你真是个猪脑袋人家有空调呢。小黑说城里的男人没有我们自在，我们大老爷们在家里是不做饭的。二皮说你懂个屁人家城里男人在家里哄老婆在外面哄女人屋里难受外头舒服呢。

二皮和小黑挂在四楼阳台玻璃外了。

透过玻璃，二皮和小黑看见一个穿吊带装的女人睡在沙发上，面前的茶几上有几包零食，还有一罐什么饮料，一边晃着腿。

小黑轻声对二皮说，你看她不睡床睡沙发不吃饭吃零食，真怪呀。二皮说就你一天到晚吃饭睡觉睡觉吃饭，人家讲情调。二皮说等老板算工钱的时候你得请我客也买瓶饮料哥喝喝。小黑说那是，得感谢你介绍这个活我干。

过了一会小黑又说，那女的两个耳朵上还牵着线，她的腿也总在晃，不是有什么毛病吧。二皮哧地笑了。二皮说人家吃饱了喝足了在听 MP3，那腿是在跟节奏，享受呢！小黑说那多吵呀我现在就想吃饱了往阴凉地上一躺。二皮说别老瞅女人干活吧听你说话真累。

擦三楼玻璃的时候老白拎着一袋包子回来了。老白仰头说你们快干啦猪肉包子还是趁热吃香啊。二皮对老白说你总是买肥肉包子都吃得我要吐了，你就怕瘦肉包子贵。老白说你小子挑肥拣瘦的你就挣这几个钱能吃肥肉包子就不错了。

二皮就不说话了。

小黑说你看三楼的人也在吃包子他们肯定是自己蒸的。二皮说我好长时间没有吃我妈蒸的包子了，我妈蒸的包子又香又软，我一口气能吃十几个。二皮又说，老白买的包子我真的吃腻了闻着味儿就想吐。小黑说我妈蒸包子包饺子都拿手，还要等几个月我们才能回家。

小黑说罢去看二皮。二皮眼瞅着三楼饭桌上的热包子流口水。

二皮，快干活呀，包子都凉了。老白又在楼下喊。

下到二楼，玻璃里面的客厅里没有人。离阳台玻璃不远的桌子上放着一个大果盘，好几样水果亮在二皮和小黑的眼前。

小黑说，二皮哥，这几样水果你最喜欢吃哪样。小黑说话的时候喉结直抽。

二皮说我喜欢吃那上面的葡萄，你呢。小黑说我喜欢吃苹果，葡萄半天吃不饱，还有籽，麻烦。二皮说你就知道吃什么饱，不知道讲营养。小黑说那葡萄下面的黄东西是什么？像香蕉但是比香蕉短，还粗。二皮说我也不知道，看电影的时候看见外国人吃过，对，肯定是洋水果。小黑说那就肯定不合我们的口味。二皮咽了一下唾沫说那是。

剩下最后的一楼玻璃了。二皮和小黑擦完了玻璃的上半部分就直接站在了窗台上擦。玻璃里面的客厅里只有一个老太太。老太太把玻璃拉了一个缝，递出来两个饮料罐。二皮和小黑不知道是什么意思，没有接。

老太太说，孩子，拿着。小黑说，这个。二皮也说，这个。老太太说，拿去喝，这么热的天，你们爹妈知道了心疼死了。小黑说老奶奶，这两瓶饮料得上十块呢。老太太说你们喝吧，我儿子送来的，他也没花钱，别人送的。

二人就接了。二皮喀哧就拉开了盖，咕咚咕咚喝起来。

二皮喝完了，看小黑还拿着饮料罐转着圈看商标，说，咦，你怎么不喝？小黑瞅了一眼树阴里躺着的老白，说，我等一会吃包子再喝。

擦完了玻璃收拾好挂着的绳子，二皮和小黑到树阴下和老白一起吃包子。

小黑把那罐饮料递给了老白。

小黑说，白老板，你喝，我喝这东西闹肚子。

二皮瞪了小黑一眼。小黑把头低下了，一边大口吃包子。

老白拽开了饮料罐，喝一口，拍了小黑一把。

老白说，小子，跟我好好干，下个月给你涨工资，每天多算一块钱。

爱的毒药

娘那一天很漂亮。

在亮子的记忆里是头一次看见娘这样漂亮，就像过年墙上贴的画。

亮子说娘你今天咋这样好看呢。娘就笑了。

亮子说娘，怪呢，你咋笑了还流眼泪了呢。

娘就去摸亮子刚长出来的头发茬子。娘说傻儿子，娘高兴呢，娘看见儿子要上学堂了呢。娘又烧了一盆水，就说，来，娘给你洗把脸，洗了脸长得俊，将来就能找个俊媳妇呢。

亮子说才不呢，听大人说娶了媳妇忘了娘，我不要媳妇我要跟娘一辈子。

娘又流眼泪了。这一次亮子没有看见。亮子正把头埋在水盆里让娘哗哗地洗着。娘的眼泪就滴在亮子的后脑勺上。

娘接了亮子的话茬。娘说傻孩子娘哪能跟你一辈子，娘这个病身子哪天说没就没了呢。

亮子呼啦把脸从水盆里翘起来了。亮子说才不呢，等我再长几年就出去干活就挣钱给娘治病。娘轻轻拍了亮子一巴掌。娘说挣什么钱你得读书将来才有个出息呢。

娘给亮子洗得白白净净，又把亮子的衣裳扯得整整齐齐。娘这才撑着腰慢慢坐在椅子上。娘说亮子你出去玩吧，要不去对面的山上抓蚂蚱去，娘嘴馋想吃油炸蚂蚱了呢。

亮子说才不呢，爹下地前拎着我的耳朵嘱咐我在家守着娘呢。亮子说我怕爹的巴掌扇呢。

娘就举起了巴掌。就落在了亮子的屁股蛋上。娘说你怎么这么不听话呢，你怕爹的巴掌就不怕娘的巴掌吗。娘最后柔柔地摸了摸亮子湿漉漉的头，娘说乖，娘累了想自己清静清静。

亮子就撅着嘴出门了。撅着嘴的亮子说爹要是知道我出去玩了就会揍我的。

娘说不会的。娘又说去吧乖儿子到时候娘替你说话。

亮子就走到屋场子外去了。亮子走了很远还看见娘倚着门框。

亮子就去了对门的山上。就像一只蚂蚱一样在草丛里蹦蹦跳跳。就抓了一只又一只又大又肥的蚂蚱。

亮子回家的时候日头已经落山了。亮子拎着一串穿在草茎上的还在划着腿的蚂蚱蹦进了门槛。亮子还没有来得及喊娘，脸上就挨了一巴掌。

比哪一次还重的一巴掌。

爹的声音就在耳朵旁炸响：你个挨刀的，我叫你在家守着娘你死哪儿去了呢。

亮子感觉到爹骂的声音跟平时不一样。平时是吼着的今天却是哭出来的。

亮子直着脖子说是娘撵我出去的。

亮子又说是娘说她要睡一会儿的。

亮子还说是娘让我去对门山上抓蚂蚱的。

亮子抹了一把眼泪跑到娘躺着的床前摇着娘：娘，你说爹揍我的时候替我说话的你咋不说呢……

五岁的亮子摇着娘呜呜地哭。

亮子说娘你看我抓了多少蚂蚱你说要炸着吃的……眼泪流在亮子抓蚂蚱被草割破的脸上，生疼生疼。

亮子没有摇醒娘。

得了绝症拒绝治疗的娘怕拖累了家，支走年幼的亮子，用一碗农药结束了自己的生命。

十几年后，亮子成了第一个走出山里的大学生。

上大学读生物系的亮子有一天听老师念一篇科学报道：一个科学家经过多年研究发现，如果将一种黑头蚂蚱全家老小固定在一个瓶子里，在没有食物的情况下，蚂蚱父母总是先死，他们的尸体留给小蚂蚱做食物，小蚂蚱的生命一般能延续五天之久……科学家一直没有明白，蚂蚱父母是如何做到先行死亡的。这也成为一个谜。

坐在明亮教室里的亮子流下了热泪。

后来亮子举起了手。

老师请亮子站了起来。

亮子说，老师，我知道这个谜。

哦？

老师和同学的目光都集中在了亮子脸上。

亮子说，蚂蚱父母为了儿女生命的延续，用的是一种特别的"毒药"。我知道这种毒药的名字。

亮子走到讲台上，拿起了一截粉笔，转身在黑板上写了一个大大的字——

爱。

最灿烂的

明天就是和同学们约着合影的日子。

小雅摇着妈妈的胳膊："妈妈，你说嘛，我明天是戴顶帽子，还是，还是到街上去买顶假发，你说嘛!"

床边的妈妈笑了，眼泪却悄悄流了出来。小雅没看见。小雅眼睛看着天花板。

妈妈说："傻丫头，我的女儿怎么都漂亮，是不是?"妈妈抚摩着小雅的头。

曾经美丽的小雅，现在，她的头上稀稀拉拉没有几根头发。

15岁花一样年纪的小雅得了不治之症。在经过了辗转的治疗之后，彻底绝望的妈妈等到的是医院的最后通知。长期的化疗让原本有一头乌黑亮丽头发的小雅，几乎变成了秃头，红红的圆圆的小脸蛋也永远留在了相册里。

昨天，小雅提出了和同学们合影的要求。妈妈明白，聪明的小雅在离开这个世界之前想了结一桩心愿——和以前在一起的同学见最后一面并且合张影。女儿提这个要求的时候故意轻松地告诉妈妈："我好久好久没见同学了。"其实，小雅几个要好的同学到医院看过小雅几次。

妈妈理解小雅的心情，于是打电话和小雅的班主任商量明天到学校去，跟班上的同学合影留念。小雅妈妈在电话里说，这恐怕是小雅最后一次照相。班主任叹息了一声答应了。

明天就要去学校。现在，爱美又细心的小雅提出了用什么遮盖头顶这个现实的问题，妈妈一时没了主意。去买假发吧，大都是成年人的，而且颜色、样式也死板。买顶帽子吧，大夏天的，除非戴一顶太阳帽，可那太阳帽一般也是露顶的，反倒弄巧成拙。

小雅见妈妈还在那儿犹豫，自己摸着光光的没剩下几根头发的头皮说：

"其实呀，这样就好，到时候合影，我往同学们中间一坐，嘿，最显眼不说，而且还应了那个成语——聪明绝顶！是不是妈妈？"小雅咧开嘴，歪在妈妈怀里，笑了。

妈妈的眼睛又一次湿润了。

第二天，天空格外晴朗。妈妈用轮椅车推着小雅，走在去学校的路上。小雅头上戴着妈妈到商场精心挑选的时装软棉帽。妈妈问："热吗，小雅？"小雅说："凉快着呢妈妈。"其实妈妈看见了，身体虚弱的小雅捂着这顶棉帽一定不舒服，棉帽的帽檐下是一圈细密的汗水。妈妈不忍心去替她擦掉。

小雅不时地扭头四望，一双落了睫的大眼睛忽闪忽闪的。小雅要最后看一眼上学路上那熟悉又陌生的风景。

"妈妈，到了，到学校了！我看见了班主任刘老师呢！"

学校的大门外，站着班主任刘老师。见到小雅和妈妈，刘老师急忙跑上前，亲了小雅一下后，从小雅妈妈手里接过了轮椅车。小雅兴奋地说："刘老师，同学们呢？"刘老师低着头轻声说："都等你好久了呢，呵呵，都晒出油来了呢！"

转眼间，小雅就被刘老师推进了校园。霎时，小雅呆了，小雅妈妈也呆了。

太阳下，绿色草坪上，排成阶梯式三排的同学，人人头上都顶着一只"瓢"——是的，每一个同学，男学生，女学生，都剃了光头，在太阳下，几十个光脑袋反射着头顶上的太阳。那样辉煌，那样灿烂。

小雅激动地甩掉了头上的棉帽，眼泪夺眶而出。坚强的小雅很久没有流眼泪了。小雅听见了同学们震耳的声音："王小雅，你好！我们都爱你！"

幸福死了

45 岁的王三乐已经很久没有找到幸福感了。

其实王三乐在别人眼里够幸福了。在城市打拼了几十年的王三乐可以说是志得意满。房子有了，车子有了，位子有了，票子有了，半明半暗的情人也有了。可他就是没有幸福感。或者说越来越对幸福这个词儿陌生了。

王三乐住在有电梯的楼房里感觉被水泥瓷砖地板挤压得难受。坐在车子里感觉被空调清新剂熏得难受。坐在会场里感觉耳朵被麦克风灌得难受。坐在堆满山珍海味的宴席上，还没有动筷子就感觉胃撑得难受。就是躺在情人身边，王三乐也感觉空虚得难受。

王三乐从头到脚就是感到累，感到难受。王三乐知道，一个整天感到累和难受的人怎么会有幸福感呢。

那天晚上在半醉之后王三乐拨了一个电话。

电话接通了，王三乐恩啊了几声，对方似乎一直没有反应。王三乐有些不耐烦地说：喂，你说话啊！

电话里说你是三儿吧。

王三乐说，什么三儿啊四儿的，我是王三乐！

王三乐正要扣电话突然意识到接电话的是几千里外的乡下母亲。

三儿是他的乳名。

王三乐急忙说，娘，我是三儿，你还好吧。

娘在电话里说：好，娘多活一年就多赚一年，好着呢。

跟娘通完电话，王三乐突然有一个强烈的念头：回老家乡下一趟。

好久好久没有回老家看山看水看娘了。

王三乐于是立即动手收拾东西，准备去赶半夜那趟火车。王三乐知道，如果不抓住这个念头，明天一早就又改变主意了。

穿睡衣刚做了保养的妻子说你是不是有病，你们单位不是这两天竞争处级岗位吗，偏偏选这个节骨眼出门！王三乐说你说得对，我是有病，正好回乡下一趟，权当是疗养。王三乐出门的时候妻子又甩给他一句话：再说一遍，职务竞争过了这个村就没有这个店，快去快回别死在那里不回来！

火车汽车蹦蹦车。王三乐推开家门的时候把娘吓了一跳。娘的头上多了一层霜一样的白发。娘急忙就去鸡窝里找鸡蛋，又拿着镰刀去门前菜园里割韭菜。王三乐看见，娘的脸上漾着一道少女一样的光。

在娘做饭的当儿，王三乐溜达到了屋后的打谷场，几垛草静静地卧在夕阳里，雾岚在远处的山冈上袅袅地飘。

王三乐小心地爬上草垛，四脚朝天地躺了下来。夕阳给天空的闲云镀了一层金边，一伸手似乎可以碰到。一群群不知名的鸟悠悠地从头顶飞过，也是要回家的样子。王三乐深吸了一口气，又缓缓地吐出来，轻轻闭上了眼。

睡梦里的王三乐听到一个声音。

"三儿，饭熟了，你回来吃——"

王三乐听清楚了，那是娘的呼唤。叫着他的乳名。似乎回到了很久以前。一种感觉在那一刻开始蔓延。

幸福。

是幸福。

我找到幸福了！

王三乐感到身体在微微地抖。

"三儿，饭熟了，你回来吃——"

娘呼唤的声音还在旷野里。一声声，那样亲切，缥缈。忽近，忽远。时间在那一刻似乎凝固了。幸福的浪头纷至沓来，铺天盖地，汹涌澎湃。

娘，我在，在呢。

王三乐感觉自己回应了，却又几乎没有发出声音。他想招一下手，却似乎怎么也抬不起胳膊。

巨大的幸福把王三乐淹没了。

几天后的 A 市小报上，一条社会新闻格外醒目。新闻的标题是："某机关王某某竞职无望猝死家乡"，副标题是："人到中年谨防心脑病刻不容缓"。

贪酒的贼

贼从阳台爬进二楼 A 室，很快就为自己的选择失望了。因为这屋子空荡荡没有什么值钱的东西。虽然后来贼仍然抱着一线希望翻箱倒柜，最后还是没有发现细软和现钞的踪迹。

贼找得有些累了，倒在沙发上，这时候就看见了柜台上的酒。酒瓶的商标上醒目地写着"XO"。贼眼睛一亮。贼以前没喝过这种酒，但见过，在电视上。电视里的时髦男女上床前一般要喝半杯这种东西。

贼起身顺手就把酒瓶盖儿打开了。贼没有用酒杯。贼平时喝酒都是用嘴对着瓶嘴的。贼咕噜噜大喝了几口，咂咂嘴，没品出什么味道。贼想洋人的东西只适合洋人的胃口。贼就没再喝下去，把剩下的酒放回原处，没忘记盖盖子。贼想主人回家一定会发现酒少了，没准儿还要骂几句。

贼不想在这个屋子里耽误更多的时间。贼还要去下一个目标。离开屋子贼不想再走阳台，而是大大方方走正门。贼有贼道。贼从来不走原路。

贼于是去拉防盗门，突然发现门后贴着一张纸。贼本来不打算去看，但问题是纸上醒目的标题吸引了他：

忠告不请自来的陌生朋友。

贼一下看懂了。贼知道这个是给自己这一类人看的。贼就真的看下去了。

陌生的朋友，真不好意思，让你乘兴而来，扫兴而归。家里穷得啥也没有，就剩半瓶酒。但愿你没碰过那东西。如果你碰了——特别是你喝了那酒，事情可就严重了。我在那酒里兑了一种东西，两天之内，饮者就会七窍出血而死。

贼看到这里，浑身一震。贼忍不住继续看下去。

你也许以为这是假话，那么十分钟你就会有点感觉，一个小时就会疼痛加剧，十个小时浑身抽搐，二十个小时……你可以试一试。

贼看到这里，头上的虚汗下来了，抓门把手的手颤抖起来。贼忽然感到肚子有一种隐隐的绞痛。贼咬着牙往下看。

我想你已经有感觉了。如果想求一生，请拨电话：5682995。"995"就是"救救我"的意思。如果你认为我犯了投毒罪，可以去法院告我，但问题是，你根本没有时间去打官司。

贼感到肚子里的疼痛更加剧烈。贼有些绝望。贼不想死。

贼捂着肚子摇摇晃晃走到电视柜旁抓起电话拨通了5682995。

对方说哪一位。贼说是我。对方说"我"是谁呀？贼说我是、是——贼突然想起门后的纸条。贼就说我是那个"陌生的朋友"。对方说哦，明白了！你需要帮助吗？贼有气无力地说，非常需要，越快越好。对方说不要紧，时间还来得及。对方问你在哪儿？贼说在你家里。

几分钟后贼看见防盗门开了，进来三个人。三个警察。贼一愣，龇牙咧嘴乖乖把手递给了拿手铐的警察。贼想到了有可能来的是警察，但总比死在这儿好。

贼说你们快救救我。

一个警察说你死不了，酒里面只是多放了两包泻药。

贼说你们用这种方法抓我不高明。

另一个警察说效果还行，你是第六个了。

第三个警察说又得往酒瓶里放点儿东西了，不然下一个贼没多少喝的了。

一只西瓜

　　回老家乡下看父母，路过县城我买了一只西瓜。那种有翠绿花纹的西瓜。母亲接过大西瓜，很小心地在怀里掂了掂，说，怕有十一二斤吧。我说十三斤半。母亲说，人家肯定"却"了你这个眼镜的秤。

　　老家人把短斤少两称为"却"。母亲的手一向是很有准头的。

　　母亲又问多少钱一斤。我说一元钱一斤。

　　其实是一元五一斤，我怕母亲心疼。西瓜上市不久，价特高。

　　母亲立即啧啧了几声，说，十三块五，能买两三斤花生油，还能点一个月的电，就是一泡甜水，啧啧，太贵了。我庆幸自己没说实价。

　　母亲随后把西瓜切成了有棱有角的一块一块，她把中间瓜肉最鲜的两块硬递给了我和妻子。我要给父亲。母亲说，他牙疼，太甜的吃不了。我啃着又甜又沙的西瓜瓤，却看见母亲手里端着西瓜的边边角角，似乎还不舍得下口。

　　吃饭的时候母亲从灶屋出来把最后一个菜端上桌，放在了自己面前。

　　那是一盘青白相间的清炒。

　　妻子吃不惯老家辛辣油腻的东西，看见青菜，急忙伸出筷子。筷子刚到盘子上，筷子尖已经碰着了菜，另一双筷子把妻的筷子拨开了。

　　是母亲的筷子。轻轻地一拨。一边笑眯眯地瞅着妻。

　　妻很是疑惑，收回了筷子。毫无疑问，母亲不让她吃这个菜。

　　我忍不住问，这是什么菜？一边的妹妹笑了。母亲使着眼色似乎不要妹妹说。我偷偷夹了一筷子，放在嘴里，轻轻地嚼。类似黄瓜、瓠子的东西，有一丝淡淡的甜的味道。妹妹笑着说，尝出来了没有？这是西瓜。

　　西瓜？西瓜也能当菜炒？我傻傻地问。妹妹说，是吃了瓜肉去了瓜皮的瓜白。

呵呵，原来是母亲变废为宝啊。我和妻都悄悄笑了。

母亲说，这个菜清淡，正合我的胃口。母亲几年前胆囊切除，吃不了油腻的东西。

我又夹了一筷子，一边对母亲说，好吃。

我边吃边笑着说，这瓜瓤瓜白都派上了用场，就剩了瓜皮了。妹妹看着母亲，说，哪里剩呀，她才不舍得扔，瓜皮剁碎了拌着米糠喂猪了。

母亲就在桌子的一角微微地笑。

几天后我和妻离开老家踏上了回程。在村头的公路上，临上车了，母亲往我的行李箱里塞了一包用报纸包着的东西。我来不及打开，车就开了。

后来，直到坐上了哐当哐当的火车，我才想起这包东西。

我取出了它，慢慢打开。

一堆聚在一起的瓜子。黑黑的瓜子上有零星的盐花儿浮着。像一层薄薄的雪。

西瓜子。那是母亲淘洗干净又烘干后精心炒的。

以前在家的时候母亲也是这样烘炒南瓜子的。

我这才想起，那天吃西瓜的时候，母亲弯着有些驼背的腰，从地上一粒一粒捡起的情景。那时我还很疑惑，母亲为什么不直接用笤帚把这些撒落的瓜子扫走。

我嚼了一颗，淡淡地香，淡淡地咸。

妻子也一颗一颗地嚼。我看见她的眼眶，有小小的泪花在闪。

一双皮鞋

　　长明回家的时候老婆翠兰正在门口太阳地里坐着奶孩子。跟翠兰对面坐着的是隔壁的老三。

　　那时候长明的心情非常不好。

　　长明在村长家的二层楼上待了一个上午整整输掉了二百块钱。这钱是今天早上老婆翠兰给的。翠兰说过几天孩子满月了要请客喝满月酒，你怎么也得穿双新皮鞋。吃完早饭他就揣了钱出了门。到了村口又被村长喊住了。村长问干啥去。长明说鞋破了老婆让去买双皮鞋。村长说上楼去，赢了钱给你老婆翠兰也买一双。长明就跟村长到了楼上。就把钱送到村长兜里去了。

　　长明依然穿着那双破鞋踢踢踏踏回家了。就看见老婆翠兰正在门口太阳地里坐着奶孩子。就看见隔壁的老三坐在翠兰的对面。

　　翠兰说你怎么这么快就回来了，鞋呢？

　　长明没有搭腔。长明沉了脸拍了拍老三的肩往屋子里努努嘴。长明说老三你跟我到屋里来说个事。老三就莫名其妙跟在了长明后面进了屋子。

　　长明叫老三坐了又递了一根烟，然后说话了。

　　长明说老三在南边儿打工回来了？

　　老三说昨天才到的家，刚才过来跟你说话，嫂子说你到城里买皮鞋去了。

　　长明说老三在南边儿没少挣钱吧眼睛都花花了吧。

　　老三说你看你尽说笑话卖了一年的力气才挣了两三千块钱，还在县城邮局等着去取呢。

　　长明说你刚才在俺家门前干啥呢。

　　老三说你都看见了俺在跟嫂子说话不是。

　　长明说你嫂子在干啥呢。

　　老三说嫂子在奶孩子不是。

长明突然提高了嗓门。长明说我刚才说你眼睛花花了你还说我说笑话。俺老婆敞着怀奶孩子你一个大老爷们咋就坐在对面不眨眼地瞅呢！

老三的脸刷地红了结结巴巴说长明哥我我……

长明说俺没冤枉你吧。村子里有的是娘们你咋就偏偏瞅俺老婆的奶子？再说俺老婆的奶子是你瞅的么。再说这像一个大老爷们做的事么。再说这事说出去了你老三还有脸在村子里混么。

老三意识到了事情的严重性。老三说长明哥那这事——

长明说你这时候说叫哥，就是叫爷也不好使。这就是说你老三根本没把俺当个爷们。俺能白吃这个哑巴亏么。俺能让你白瞅了俺老婆的奶子么。

这时候翠兰在外面说话了。翠兰说你们两个爷们躲在屋里嘀咕什么。

长明说管你什么闲事俺和老三兄弟在商量大事呢。

老三咬咬牙说大哥你看这事怎么了才好……要不，俺赔你几个钱？

长明说你看看，刚才俺说你在南边儿没少挣钱你还狡辩，你现在一开口就提钱。你把俺长明当成敲诈犯了？

老三有些为难了。老三说你不要钱要什么……老三一咬牙，说，要不这样，俺找个机会也让你——瞅瞅俺家的……咋样？

长明噗地笑了。长明说老三呀，你把俺当成了跟你一样的人，你也太小瞧俺了。再说你老婆的奶子有俺老婆的白么。你老婆的奶子有俺老婆的鼓胀么。你怎么把事情想得这样简单呢。

老三一时没有话了。就拿眼睛瞅着长明。

老三脸上的汗珠子都下来了。

长明轻轻磕了磕脚上的破皮鞋，压低声音说，老三，俺也不难为你，你哥也不是那样的人。刚才你不是说要去城里取你汇回来的钱么。下午俺就陪你进城，你顺便给俺在洗发屋找一个娘们让俺摸摸。就那么三十五十的，咋样？现在城里人请客都进那地方，俺还一次没进那地方呢。再说你瞅了俺老婆的奶子让你这样请客，你占了大便宜呢。

老三一听松了一口气，站起身急忙说：行，咱们现在就走。

长明和老三出门的时候翠兰还在奶孩子。翠兰说怎么又走了。长明说俺跟老三要去办点急事，是不是老三？

老三不敢再看奶孩子的翠兰，侧了头嗯啊了一句就在前面走了。

后来老三就在街头一个洗头房花三十块钱给长明找了一个黄毛儿。

出来的时候老三说怎么样。长明撅着嘴说这三十块钱亏了，那奶子没法跟俺老婆比。老三说要不再找一个五十块钱的？长明说，算了，这满屋子的奶子早叫爷们摸捏透了，一个不如一个，花这钱怎么都冤枉。

长明后来用脚踢了一个石头。长明说，老三，你看你哥刚才在家的时候因为生气跺脚把鞋跺坏了，你看现在陪你走到街上这鞋也更破了，要不你干脆跟你哥买双皮鞋吧。你办了这事你哥也再不提那档子事了。再说你花了这钱你心里也踏实了。

老三二话没说就拽着长明到鞋店买了一双皮鞋。

后来长明就穿着这双崭新的皮鞋满心欢喜地走在了回家的路上。

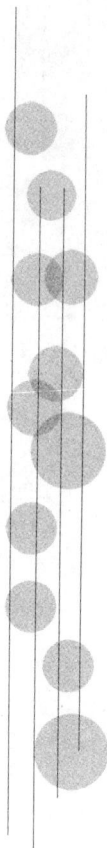

最后十刻

知　足

"生不逢时，生不逢时啊！"

《死刑执行书》下达之后，死刑犯 A 在监舍里一遍遍叹息，呼号，来回踱步。脚镣"哗啦啦"直响。负责看守的狱警说："你安静一点行不行，你想说什么？你能有今天，到了现在，还以为是法律冤枉你了吗？"

死刑犯认真地说："判我死刑我服，可是可是——明天要对我执行枪决，要用子弹，而不是像国外流行的药物注射，我接受不了！我听说从明年开始，我们这里也要施行药物注射，唉，我怎么这么倒霉，就差几天就、就——我是因为这个，才说自己生不逢时。"

"生不逢时啊！"死刑犯又一次仰天长叹。

狱警语气沉重地说："你知足吧，你要感谢生在这个时候，以你所犯的罪行，在过去，不是五马分尸，就是千刀万剐，你明白吗？"

狱警的话让死刑犯目瞪口呆，久久哑口无言。监舍死一样地静。

品　质

夜，白炽灯惨白如昼。几只蚊蛾"嗡嗡"扑向灯光。死刑犯最后的晚餐端上来了。香气袅袅。

埋头要狼吞虎咽的死刑犯才吃了一口就"噗"一声吐出来了，接着"叭"的一声把碗顿在铁椅上，忍不住咆哮起来："我说过我不吃大蒜的，怎么菜里又放了这讨厌的东西！我不吃了！我绝食!!我抗议!!"

年轻的狱警摇摇头，叹了一口气："都什么时候了，你还挑三拣四。唉。"

死刑犯眉毛一挑："这不是挑三拣四的问题，这涉及生活品质，品质！你懂不懂？"死刑犯说罢"哗啦啦"晃着手铐，忽然怪怪地笑了："对了，跟你这样一个小穷警察说品质，简直是对牛弹琴，你懂什么品质！"

年轻的狱警并没有生气。他直视着死刑犯的眼睛："也许我真不懂什么叫生活品质，但我知道，你就是只在乎生活品质，却不追求人生品质，所以，你才有了——今天。"年轻的狱警把"今天"两个字的语调说得很轻，却很清晰。

死刑犯愣了一会，忽然埋头狼吞虎咽。泪水，一颗颗落在碗里。

遗　　言

寂静的监舍。狱警把一张白纸摊开在死刑犯面前的铁椅上，轻声嘱咐："你可以留下遗言，或者，留下你的要求。"

死刑犯闭目想了一会，忽然拿起笔"刷刷刷"写起来。

很快，死刑犯把纸递给了狱警。几行歪扭又匆忙的字迹呈现在狱警眼前——

我的要求：1. 希望把我押往刑场的时候给我戴一个面罩；2. 希望执行枪决的时候准确点、痛快点；3. 希望第一时间通知我的家人收尸。

狱警看罢，说："你只有要求，就没有什么——遗言？"

"没有。"死刑犯木然回答。

狱警忽然提高了嗓门："你死到临头却依然只是考虑到自己，一口一个'希望'。你不觉得该给自己年幼的儿子或者白发苍苍的母亲说几句什么？"

死刑犯忽然捂着脸低下头，"呜呜"哭了："你以为我不想说……呜呜……我想说，太想说了……"死刑犯空洞的眼神盯着监舍窗外漆黑的天空，"可我能说什么呀……"

矛　　盾

死刑犯最后的一个夜晚，漫长而又匆忙。监舍高高的小窗口外，闪着几颗孤寂的星星。

按照规定，死刑犯是要在狱警的监视和陪伴下度过的。固定在铁椅上的死刑犯到了半夜的时候依然没有入睡。唉声连连，又呵欠连天。狱警劝慰说："你睡吧，时间还早——不，时间不早了。"死刑犯又叹了口气："唉，领导，我心里矛盾，矛盾啊！"

"——矛盾？你有什么矛盾？都这个时候了，你还有什么想不开的？"狱警很警惕地问。

死刑犯说："领导，我就剩下这最后一个晚上了，我想好好睡一觉，一觉到天亮，我好久没有睡一个踏实觉了。"狱警说对呀，你好好睡呀。"——可是，我就剩下这一个晚上，我想多看看，多想想，多活动活动，多听听外面的声音，我不想用睡觉来浪费了这宝贵的时间——"死刑犯那双失神的双眼死死盯着小窗口闪烁的星星继续感叹："这种心情你是体会不了的，唉，说了也白说。我这一生第一次也是最后一次又想睡觉又不想睡觉，我矛盾啊！"

狱警说："我看过你的案卷，你当初犯下死案的那一刻，你毫不犹豫下手了，是吧。如果，如果当时，在下手的那一刻，你也这样矛盾，就好了……"

面　子

清晨，红红的太阳照着死刑犯苍白的脸。这是他看见的，人生最后一个太阳。

要上路了，狱警按照惯例要给脚镣手铐的死刑犯打一个结实的绑腿。

死刑犯不愿意了："我已经被五花大绑又脚镣手铐，我还能逃跑吗，为什么还要给我弄个绑腿？在我们老家，只有老年人才兴绑腿，那是因为怕风钻进裤子，怕冷。笑话，我又不是老者！我年轻，我结实着呢。再说，我命都快没了，还怕冷吗？荒唐！我不要绑腿，坚决不要！到死了，得给我个面子啊。"

狱警耐心地说："这是规定，也是——惯例，请你配合。"

"惯例？那总得有理由吧？"死刑犯依然不配合。

"你真要知道理由？"狱警似乎不愿意说破什么。

"要！"死刑犯的口吻几乎是斩钉截铁。

狱警摇摇头，拍了一下刑事犯的肩膀："大兄弟，实话跟你说，不管什么人，一到了刑场，即将被执行，都会大小便失禁，即使胆子再大的也会吓

得屎滚尿流，扎着绑腿就能起到——防止不雅的作用……我们这样做，也是为了给被执行人最后一点——尊严，你知道吗?"

死刑犯伸出腿，低声说:"你给我绑吧。"

超　　速

警灯闪烁，囚车在冬日的风里呜呜地叫。大街上，几乎所有的车辆都给囚禁死刑犯的警车让道。一路"绿灯"。畅行无阻。

死刑犯 A:"真他妈的，平时坐车这个点儿不是堵车就是遇见了红灯，今天就怪了!"

死刑犯 B:"这不是给我们哥们几个的特殊待遇嘛，专车还警车开道，值，真值了!"

死刑犯 C:"瞧这车开的，肯定超速了，司机不怕扣证罚分，交警也不管管，邪门。下辈子再开车就当这种车的司机，痛快!"

死刑犯 D:"呜呜……"

看见死刑犯 D 号嚎大哭，其他几个死刑犯都用鄙视的目光盯着他。

死刑犯 A:"真没出息，都什么时候了，哭管个屁用!"

死刑犯 B:"就是，像个娘们! 跟你这样的人一起'上路'，倒八辈子霉了!"

死刑犯 C:"还不是吓的，看来这小子天生胆小。奇怪，拿刀子捅人的时候怎么就胆大了。"

死刑犯 D 呜咽着说:"你们说到车超速我就想起来了……我就是因为别人超我的车惹我生气……后来我报复把那人杀死了……就为了一口气啊……"

顺　　序

快接近刑场的时候，囚车里四个刚才还一路滔滔不绝的死刑犯忽然都不吱声了。大家都在思考一个问题:下囚车的时候谁第一个下去。对生的留恋让他们开始惧怕。他们都不想第一个下车。

囚车里，恐惧再一次蔓延开来。

死刑犯 A 咳嗽了一声，打破沉寂，率先提议："等一会儿下车，我建议按姓氏笔画为序。"

死刑犯 A 犯事前是某个单位的领导，知道程序，而且他姓藏，按姓氏笔画排序，他绝对占着优势。

死刑犯 B 第一个反对："你以为是安排职务或者参加竞选啊，我不同意！我提议按年龄大小为序。"

死刑犯 B 姓丁，按姓氏笔画他肯定吃亏，而且他年龄最小。

四个死刑犯中年龄最大的死刑犯 C 瞪了一眼高个子的死刑犯 B："你到死也不知道尊重老同志，活该有今天！依我看，下车顺序按身体高矮最合适，个子高的先下。"

死刑犯 C 以牙还牙，把矛头指向了死刑犯 B。死刑犯 D 吼了一声："你们别争吵了，到时候我先下。平时我排队总抢不过别人，我最讨厌不排队，今天，这最后一回，我一定要排个第一，谁也别跟我抢。"

其他三个死刑犯瞠目结舌。

名　字

死刑犯被推下囚车，一字排开，跪立。头顶上，是一颗苍白的太阳。几只黑色的乌鸦在头顶乱飞。

年轻的法官按顺序验明正身。喊一个名字，死刑犯"到"一声。死刑犯喊"到"的声音有气无力。

念到第三个："仇（臭）大运！"

叫"仇大运"的死刑犯没有吭声。

法官提高嗓门，又喊了一声："仇大运！"

叫"仇大运"的死刑犯依然没有吭声。另一个法警上来踢了他一脚：你怎么不喊"到"？叫"仇大运"的死刑犯这一次开口了："我姓'仇'（求），不姓'仇'（臭），刚才他喊的是'臭大运'，不是喊我。我从上小学就被人喊'臭大运'，一直到高中到我参加工作，我好好的运气都被人喊臭了，喊没了，所以才有了今天。"

仇大运仰天长叹了一声："我倒霉啊——到死，还被人喊'臭大运'……苍天啊！"

法官又喊了一声："仇（求）大运——"

仇大运用底气十足的嗓子回答："——到!"

形　　象

萧瑟的法场。几片枯黄的叶子横飞着。法警作最后的提示，声音不高不低："请你们配合我们的工作，不要晃动身体，特别是在下达口令之后。请你们记住，晃动身体影响子弹的准确射入，其后果你们自然知道。而且，按照规定，子弹是你们自己家人掏钱买的，因此，不要浪费子弹，请节约你们家人的每一分钱。"

四个死刑犯中，有三个忍不住继续晃动身体。法警提高音量："你们三个，听见没有，不要晃动身体!"

死刑犯 B："我不是故意的，我控制不住……"

死刑犯 C："我也是，我感觉腿不是我的……"

死刑犯 D 也哆嗦着说："我大雪天冻得发——发抖——或者高烧也——也没有这样抖过……"

法警大声说："你们怎么不向死刑犯 A 学一学，他一动不动。

当过某"长"的死刑犯 A 急忙说："报告政府，我知道你们在录像，我不想破坏自己在媒体面前的形象……"

大家听见，死刑犯 A 的声音是颤抖的。

节　　省

午时三刻。死刑犯"上路"的时刻到了。刑场死一样地寂静。

负责现场的法警手举红旗一声吆喝："预备——"

这时候出现意外。法警还没说"放"，手里的小红旗也还没有落下来，只听"嗵"的一声，死刑犯 A"扑通"倒地了。而且是一头栽倒了。

"怎么回事，谁提前开枪了?"负责指挥的法警急忙询问。法场顿时紧张起来。戴墨镜、口罩执行任务的几名年轻武警面面相觑：他们的手指头都在扳机上。枪口也没有冒烟。谁也没有开枪。

现场的一名老法医立即上前检查，结果发现，死刑犯 A 鼻息、脉搏全没了。仔细用听诊器检测，心跳也没有了。这么说，死刑犯 A 吓死了。严格说，是因惊吓导致心脏病突发或者大脑血管突然大面积破裂，死了。

法医一边收听诊器一边自言自语："贪婪腐败了一辈子，临死把一颗子弹省了。唉，总算节省了一回。"

父亲的守候

儿子在城里买了大房子又装修好了，就催着乡下的父亲来城里享受一阵儿。几个电话打回去，父亲说，行，等我把地里那只贪嘴儿的鼠贼子逮住了就来。

父亲是个认真的人。

父亲在秋天种了一亩花生，贪嘴儿的老鼠每天去花生地里掏。别人家总是在下种的时候拌些农药，鼠贼子闻着味儿就不敢去偷。于是有人就劝父亲也拌些农药。

父亲说，哪能咧，电视上都在演绿色食品，再说来年花生下地儿，我还要拎些给城里的儿子媳妇吃咧。

父亲把花生籽一种到地里就开始守候。

父亲知道，一过了三五日，那花生籽在地里发了芽，鼠贼子就不打它们的主意了。父亲在地头挖了一个坑，每天就躲进去，身上盖了枯草，手里握一把宽面的铁锹，就那么守着。渴了就咕咚一口瓦罐的水。守到第三天，一只鼠贼子领着鼠娃子鬼鬼祟祟过来了。父亲看见，鼠们到了地头，那只领头儿的鼠贼子示范一样撅了屁股，用一双前爪飞快地刨起了土。不一会儿，那地就刨出了一个窟窿。正当那鼠埋了半截身子拼命刨土时，父亲单手挥出了铁锹，不偏不斜，拍在那只老鼠的身上。众鼠愣了一刻，呼啦啦四处逃散。

父亲露出了疲惫的笑。就让那只半截身子埋在土窟窿的大老鼠屁股朝天地竖在那里。父亲知道，别的鼠们再也不敢轻举妄动了。父亲放心地收拾了几件衣服，辗转坐车到了城里。

见了父亲，儿子和媳妇一脸欢喜，带着父亲去了城里几个好看好玩的地方转了个遍。之后，把父亲撂在了宽大的房子里。儿子拿出二百元钱，说，爹，这钱给你零花，楼下商店有烟，你自己去买。

　　儿子和媳妇上班去了，父亲就在家里看大屏幕彩电。几天下来，眼睛肿了，后背僵了，腿也抽筋了。父亲就锁了门到楼下去转。那天下午刚哐啷锁了门，父亲突然记起忘了带钥匙，就只好在楼下使劲溜达。偏偏赶上儿子媳妇晚上不回家吃饭，父亲就一直溜达到半夜。一不小心，跌进了被人偷走井盖的下水道。后来，直到看见儿子窗户里亮起了灯，才一瘸一拐上了楼。儿子见父亲膝盖破了，连声追问。父亲说，没啥，掉坑里了。

　　第二天，父亲的腿肿了老高。儿子把父亲送进医院一透视，父亲的小腿都骨折错位了。儿子红了眼睛：爹！你还说没事呢。

　　父亲才住了几天院就嚷着要回儿子家，嘟噜说受不了医院那股味儿。儿子只好把父亲接回了家。儿子一个电话接着一个电话往小区物业管理处打。父亲渐渐听明白了，儿子要替伤了腿的父亲打官司。儿子打了一阵电话就不打了，坐在那里生闷气。

　　父亲说，你们城里人太复杂了，谁偷的井盖找谁不就成了么。

　　儿子说，你想得太简单了，你能抓住偷井盖的吗。

　　父亲咕哝说，咋不能，偷花生的鼠贼子都被我逮住了咧。

　　儿子笑着说，行，哪天你去试试。

　　腿好了的父亲在一天晚饭后真的下楼去了。媳妇跟儿子嘀咕，你爹是不是把脑袋也磕坏了呀。儿子正色道，瞎说什么。说罢又补充了一句：让他折腾去吧，闲着也是闲着。

　　父亲在楼下守了两个晚上，都是半夜空手而归。第三个晚上，父亲突然有了一个主意。他掀开一个活动的井盖，溜了下去，又把自己盖上了，等待贼手。也许该那偷井盖的人倒霉，父亲守到十一点，正要收兵，真的等到了那只手。箍上去的，是父亲那只冰冷、滑腻的手。待父亲爬上地面，隐约的路灯下，父亲看见了一个吓呆了的黑瘦的女人。

　　父亲赶紧松了手。

　　女人后来呜呜地哭了。

　　女人说，大叔，饶了俺吧。

　　父亲说，一个女人家，咋就干起了这个营生。

　　女人说大叔，俺家里有一个瘫子男人，还有一个上学的娃儿，俺就到城里捡破烂来了。

　　父亲说捡破烂咋就捡起了公家的井盖。

女人低声说，井盖不是能卖七八块钱一个么。

父亲有一会儿没说话。后来父亲问，这楼前楼后有几个井盖？

女人说俺也没有数过，咋的也有上十个吧。

父亲就突然掏出了一张百元票子塞到了女人手里。父亲说你把钱拿走，别再惦记这几个井盖。

父亲就转身走了。

父亲回来的时候衣服脏兮兮的。儿子皱着眉说：怎么了？父亲拍打了一下，说，没啥，摔了一跤。儿子加重语气：爹，别再惦记抓贼了。

父亲说，嗯，不抓了。

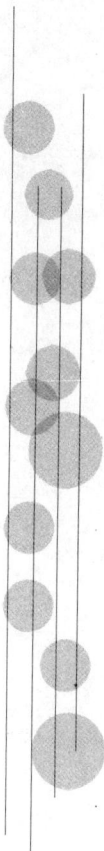

乡野的声音

呜呜哇哇的唢呐打村西头吹起来的时候，莫老太太啊呀了一声。

那时候村东的莫老太太正弓了腰搬了小凳准备出门。每天只要不是下雨刮大风，莫老太太睁了眼皮第一件事就是拿了小板凳到门前的老槐树下坐着，一边扣扣子一边亮开嗓门吆喝起来。开场白第一句就是：你个老不死的东西——

村里的人已经听习惯了。很多人都是在莫老太太的骂声里起床的。哪一天听不到莫老太太的声音，村里人就知道，今天老天爷变脸了，要么是莫老太太病了。这两种情况并不多见。莫老太太到了老来气色越来越红润了，嗓门越来越亮堂了。

莫老太太骂的人是西头的钱老太太。几十年了。村里人都知道，她们俩是一对死冤家，应了那句古话：不是冤家不聚头。年轻的一辈都不知道她们当年为的是个什么，也懒得去问，上了点年纪的人谁都能分出个子丑寅卯。

说来也是巧啊，几十年前两个人同一个日子出嫁，嫁的偏偏又是一个村的人，而且一家村东，一家村西。日出一竿子高的时候两支迎亲的队伍吹吹打打在村后的一个石板桥上相遇了。乡里的规矩，红白喜事碰在一起挤一条路是不吉利的，谁走前头谁就破了灾，落后头的就倒了霉。偏偏通往村里的路就一条。两家就在路上打了起来，结果是人多的钱家占了上风。

两家从此就结了仇。男人家嘻嘻哈哈倒过去了，两个女人从此较上了劲。结婚第二年，钱家生了一个胖大小子，莫家也几乎是同时生了，而且一下生了一对龙凤双胞胎。两家都办了满月酒，莫家可高兴了，热闹的鞭炮放了个小半天，可把一年前跟钱家比拼的晦气出了。谁曾想，没过儿天，莫家双胞胎中的那个"龙"夭折了。莫家太太——那时候还是莫家媳妇，眼泪没擦完就搬了个凳子到门前的槐树下，冲着钱家骂开了。莫家媳妇把痛失爱子

的痛都发泄到钱家了。

几年后莫家钱家其他几个孩子相继出世，说也奇怪，都是女孩。莫家媳妇看着钱家老大是个崽儿，自己生了一串的丫头，气不顺，骂得更起劲了。莫家媳妇想，要不是结婚那天碰上钱家，自己的头生崽儿怎么会突然没了呢。

十年后的一天，钱家的儿子突然腿瘸了，看了不少的医生也不见好，走道一划一划的。莫家媳妇骂的话题又有了：老天爷有眼……报应报应啊……钱家媳妇说儿子的腿是莫家媳妇咒的，于是对骂得更加热闹了。

那一阵，两个女人村东村西唱对台戏似的，引得老少爷们看猴把戏一般欢喜。

分责任田那年，生产队让抓阄，巧的是两家的地连在了一起。抓了阄就不能改，从此也多了骂的由头。莫家的地里丢了几棵白菜，钱家地里的莴苣留下几个拳头大的坑儿，莫家的牛踩了钱家的苗……骂声中孩子们大了，两个女人老了，每次的骂基本上都是莫家媳妇占了上风。莫家媳妇的嗓门也是最高。

莫家的那个"凤"有一天和钱家的老大好上了，两个女人知道了，死活都不同意。莫家女人说嫁给谁也不嫁给钱家的人，更别说是个瘸子。钱家女人说跟谁做亲家也比跟莫家那个"恶鸡婆"好，躲都躲不了还往一块扯。两个小相好的硬是被活活扯开了。莫家女儿后来匆忙嫁了个人经常哭哭啼啼一身伤回娘家，钱家的瘸儿子干脆没娶，那已是后话了。

两个女人在骂声中渐渐老了。多少年过去了，那棵槐树身上也结满了疤痕，那把小凳子也被莫老太太的屁股磨得溜光。这几年，莫老太太掉了几颗牙齿，骂得明显底气不足了。钱老太太的身体反倒硬朗了，渐渐有占上风"报仇雪恨"的趋势，于是村子里这场热闹的好戏依然在继续，只是观众日渐稀少了。

今天，在这个晴好的日子，莫老太太刚抓起凳子，就听见了一阵悲切的唢呐声。莫老太太突然意识到，钱老太太走了。

钱老太太确实在这个早晨突然就走了。瘸腿的儿子一大早起来唤了几声娘，才知道娘走了。儿子就抹着泪找村里的锣鼓班子热闹开了。这也是白喜事啊。

莫老太太一屁股坐在地上，突然就哭出了声：你个老不死的怎么说走就走了……你咋就不打声招呼呀……你走了我好骂谁呀……

村里人听见，莫老太太哭得十分真切，似乎有兔死狐悲的意思。

钱老太太死的那几天一直在下雨。葬后的第三天雨停了。憋了好几天没出门的莫老太太早晨出了门，放下凳子又坐在老槐树下，亮开了嗓门：你个老不——莫老太太才骂了四个字，猛然意识到那个要骂的"老不死的"的已经死了，就把后面的几个字咽回去了。

莫老太太突然就傻在了那里。

就在槐树下枯坐了一整天。

就再没有说一个字。

三天后，莫老太太也去了。

村里闲地很少，老了人大都埋在自家地里。这样，两个女人的坟就相隔不远。村里有人走夜路听见，立着两座坟的地头经常有声音。有人一口咬定就是莫家女人和钱家女人。只是声音很和缓，有时候还能听见笑声……

雪上的舞蹈

那个下午美惠一直趴在窗前。

美惠的眼睛一刻不停地看着窗外的风景。

其实现在窗外的风景十分单调,天地一片洁白。其实即使有美丽的景致,现在的美惠也根本无心欣赏。雪越下越大。雪下得天昏地暗。以前河水一样穿梭往来的车流人流现在似乎也被冻僵了,影子也没有。

美惠,别趴那儿,窗台太凉了,他不会来的。妈妈走到美惠的房间,提醒说。

不,他说过一定来的,说好下午三点准时出现的,现在离三点还有十几分钟呢。美惠头也不回,继续看着窗外。

妈妈轻轻拍了一下美惠:你这傻孩子,他说两点,可你们约时间的时候没有想到会下这么大的雪呀。今天连公交车出租车也停了,他能飞来啊?

美惠调皮地一笑:他昨天说过的,就是天上下刀子他也会来。现在是下雪,不是下刀子呢。美惠又把头扭向了窗外。

美惠是在网上和他认识的。美惠平时是很少上网的,只是在两周一休的空挡妈妈才给她一个小时的上网时间。读高三的美惠过了春节就要向高考冲刺。跟班上其他同学比,美惠已经够幸运了。

美惠妈妈对美惠的"宽容"是有原因的。妈妈对美惠一直怀着歉疚。

美惠三岁的时候在一个下雪天摔了一跤,骨折了,因为复位不好,留下了后遗症。从此,左腿和右腿的步幅就不能一致,有一些轻度的瘸。而且每到阴雨天,特别是下雪寒冷的时候,左腿的伤处就像有许多蚂蚁在咬,隐隐地疼。后来大了,上学了,美惠发现自己和别人不一样,就慢慢变得沉默寡言了。上了高中以后,爱美的美惠有时候偷偷一个人躲在屋子里哭泣。

美惠讨厌冬天,可她同样害怕夏天。夏天里同学们都穿上五颜六色的连

衣裙，亭亭玉立，而她穿上连衣裙，走起路来就有些滑稽，所以只能在房间镜子面前穿。

孤僻自卑的美惠封闭了自己。当她提出买一台电脑的时候，妈妈立即同意了。妈妈说，我相信我们聪明美丽的美惠能够把握好自己。美惠笑着说，妈妈，你拐弯抹角的，不就是怕我网恋吗，谁有你想的那么复杂。

"美惠"给自己取了一个叫"厌雪公主"的网名。在网上冲浪不久，她就和一个叫"雪上飞"的家伙对上了话。

雪上飞说：你不是"厌雪"，是厌学吧。

美惠说，不，我的确讨厌雪，是一场雪把我几乎变成了一个身体有缺陷的人。

聪明的美惠回避了"残疾"两个字。

雪上飞说，这有什么，身体有缺陷，可以用生命的精彩来弥补。如果因为身体缺陷最终导致思想缺陷，那样的生命才是真正的可悲呢。

美惠马上回敬雪上飞：哼，你在背诵谁的哲理散文呢，你怎么能体会我的痛苦。你叫"雪上飞"，你一定喜欢雪吧。

"雪上飞"说，对，我喜欢雪的洁白，雪的博大宽厚包容。我喜欢在飘着雪花的时候翩翩起舞，让自己的身体和灵魂随雪花一起飞舞，所以我给自己取了"雪上飞"这样一个美丽又富有诗意的名字！

"雪上飞"的乐观和风趣，感染了美惠。美惠感到很快乐。几次交流，美惠知道"雪上飞"也是一个高三的学生，住在城市的西区。后来她还知道，在不久前，"雪上飞"还获得了学校组织的冰舞比赛冠军，那个节目是他自编自演的，名字就叫《雪上飞》。

昨天晚上，他们又在网络上"遭遇"了。"舌战"了一番后，美惠说，雪上飞，明天让我欣赏欣赏你的获奖作品《雪上飞》吧。美惠只是调侃而已，没想到"雪上飞"一口答应了：好啊，我正想出门呼吸几口新鲜空气呢，时间，地点，你定！

美惠一下慌了，她只是随口说说，再说，还没有跟妈妈汇报，不能随便决定，而且，最主要的是，自己的这个样子，会不会吓跑了他。网上不是流行"见光死"吗，真要让他失望了不就失去了一个好朋友吗？

美惠半天没有回音，"雪上飞"大概看出了她的犹豫。"雪上飞"说，怎么，"厌雪公主"怕被人拐骗了？你说个地方，你只在窗口看一眼，可以吗？

美惠觉得"雪上飞"的想法很浪漫，而且，也不需要面对面接触，避免第一次见面的尴尬。于是，他们约定了今天这个"特别"的约会。美惠家对面就是一个小广场，广场中央有一个雕塑。"雪上飞"说好下午三点整就在雕塑旁边准时出现。下线的时候美惠说，明天可能会有雪呀。"雪上飞"说，你忘了我的名字就叫"雪上飞"呢。

没有想到真下雪了。而且下得这么大。

美惠，三点到了，他不会来了，除非他能飞过来。妈妈又走到美惠房间来了。美惠笑着说，妈妈，你说对了，他的名字就叫"雪上飞"，他还获过冰舞表演冠军呢！

就在美惠和妈妈说话的时候，窗外的大雪中，渐渐出现了一个身影，直接滑到了广场中央的雕塑旁。美惠看见了，妈妈看见了！

妈妈，是他，是他！

美惠激动地喊了起来。

那个身影顶着洁白的雪花，忽然翩翩舞起来了。那样轻盈，刚毅。纷飞的雪，成了美妙绝伦的舞台背景。

挤在窗口的美惠闪着泪花。

妈妈的眼睛也湿润了。

那个雪中欢快飘逸的舞者，在雪地上划出了一道道优美的生命曲线，用他身下那张轻巧的轮椅！

移植一棵树

马莉那天说出了蓄谋已久的那个念头。

那时候丈夫正半躺在沙发上，很舒服地看一部韩国电视连续剧，一边用一根牙签剔牙。

马莉说我总觉得门前的小院里缺一棵树。

马莉家住一楼，一出门就是一个小院，有花有草的。只是到了冬季，那些原本灿烂的花草就凋零了枯萎了。

丈夫听见了正在叠衣服的妻子的话，随口说：这还不简单，你去苗圃买一棵栽上就是。

马莉说苗圃里的都是树苗，等它长成了我们就老了。我想有一棵能在夏天乘凉的树。马莉瞅了一眼丈夫又补充了一句：最好是柳树。

丈夫嗤地笑了。简直是异想天开，你花钱都买不来，除非你去公园里偷一棵。

马莉急忙说不用买也不用偷，我可以去捡一棵回来。

丈夫终于把视线从电视屏幕转了过来，微笑着等着妻子的下文。

马莉说昨天我路过城北河，发现那里正在拓宽河道，河边的柳树一棵棵被推倒了。这样，我就可以顺手牵羊捡一棵树回来栽在小院里。

丈夫有些奇怪地笑了。好吧你捡去吧别再打岔了，我要接着看电视，你没看这是金喜善演的吗。

马莉第二天到街上请了一个小工又雇了一辆小货车。傍晚时分到了城北河，直接来到了一棵柳树下。拓宽河道的工程几天后就会延伸到这里。夕阳里落了叶的柳树少了妩媚多了一身严峻。

马莉指着面前的一棵柳树让小工开挖。小工说：大姐，你选的这棵树型不大好看，你看旁边这棵多好。

现在是我出钱让你挖。马莉的眼睛一直盯着面前的柳树。

小工就撅了屁股围着柳树吭哧吭哧。

柳树很快连根带土挖了上来。马莉指挥小工和司机把树小心装上了车。发动车的时候马莉跳进了后车厢。司机说掉不了你坐驾驶室吧外面风这么大。小工也说大姐你不放心我来扶着树。马莉说，不用，开车走吧。

小货车行进在黄昏的风中。坐在驾驶室的小工对司机说：这个女人咋这么怪，你看她的头发跟围巾都吹飞了。司机白了小工一眼：你管那么多干什么，城里人你能琢磨透？只管把钱挣到手。

柳树很快栽到了挖好的树坑里。给小工钱的时候，小工说：大姐，我还没有给树浇水呢。马莉说不用了你可以走了。

马莉就在夜色里一遍遍给柳树浇水。最后，拍干净身上的灰土，马莉倚着新栽的柳树立了很久。那时候四周的窗户亮起了一盏盏温馨的灯。

第二天丈夫看见了那棵树。丈夫说这就是你忙了一下午加一晚上的树，光秃秃黑黢黢的像什么，邻居们不骂才怪呢。

马莉急忙解释：现在不是冬天么，等来年春天柳树就发芽了抽枝了。

丈夫一遍遍摇头。

来年春天一场夜雨过后，马莉从窗玻璃里向外一看，喜悦霎时跳到了喉咙。柳树挺过了漫漫冬季，发芽了。雨幕中的那团树冠像黄绒绒的雾。

后来，柳树在马莉欣喜的目光中越来越绿，秀美的柳丝慢慢披挂下来。

在春风和煦的晚上，马莉常常倚着柳树。穿着高跟鞋的马莉稍稍踮起脚尖就可以摸到树干上那个疤痕。马莉开始苍老的手指顺着疤痕可以摸出两个隐约的字：wm。

十多年前的那个春天，在溪水轻盈的河边，柳树下，马莉和那个有一口洁白牙齿的小伙子开始了第一场短暂的恋爱。

马莉不会忘记，那一天，小伙子仰面躺着，嘴里嚼着草根，而她，大眼睛的马莉，趴在地上，拿一根青草逗着几只金黄色的蚂蚁。也是那一天，柳树见证了马莉的初吻。那个叫吴火的小伙子用一把闪亮的刀子，在那棵一人高的柳树的树干上，并排刻下了他们姓名的第一个字母。wm。

那时候马莉说，你看你，都把树刻疼了流眼泪了。

小伙子说，不，柳树在见证我们的爱情他高兴呢。

星光满天的夜晚，马莉踮着脚尖摸到了那个树疤。

柳叶轻拂在脸上，马莉悄悄拭去了两行清泪。

空地的鲜花

那个人有毛病。楼上的人都这么说。那个人自从和三楼的王兰分手后，就接连不断地出现在楼的周围。

他先是出现在楼前的一堆废水泥管上，一坐几个小时。就那么若有所思地坐着。楼上的人知道，以前和王兰约会的时候，不敢上楼见王兰母亲的他总是偷偷在这堆废水泥管上等王兰，而且是天黑的时候。后来他又出现在旁边的一座楼房的楼顶上，坐在楼顶的边缘，随时要掉下来的样子。楼上也有人知道，那个楼顶是他和王兰约会时经常要去的地方。另外在恋爱的时候还能居高临下知道王兰家人的动向，偶尔乘王兰父母不在家的时候，溜进去一趟。

整个夏天和秋天，他就这样反复出现在这两个地方，不管刮风下雨，烈日暴晒。

楼上的人们不知道他和王兰是怎么认识的，但有一点可以肯定，王家父母特别是王兰母亲对他们的恋爱坚决反对。现在楼上的人完全理解了王兰的母亲：看那人痴痴傻傻的样子，怎么可以和伶俐的王兰处对象。

楼上的人一开始有些担心那人弄出什么乱子来，时间一长就放心了。那人除了痴痴傻傻地坐在那里外没有任何举动。后来天渐渐凉了，风搅得落叶和废纸在楼前飞舞。

有一天楼上的人忽然发现那人在楼前弯腰把那堆废水泥管子一根根往外扛。至于扛到什么地方为什么扛走，人们不得而知。那堆废水泥管是以前留下来的，打人们住进这个楼它们就在这里，碍手碍脚十分不便，时间一长大家也就习惯了。

那人整整扛了两天。大概那水泥管要放在一个很远的地方，每一个来回，他都要费一个小时。那每根水泥管肯定不轻。人们看见，当他把一根水

泥管扛上肩膀之前，总要立在那里好久，像在琢磨什么似的。然后弯腰把水泥管的一头慢慢抬起来，斜支在地上。随后，他把自己的右肩搁在水泥管的中间部位，又开双腿，慢慢把水泥管触地的一头抬起来，让整根水泥管稳稳地卧在他的肩膀上，这才一步一步往前走。

楼上的人不理解了。几个月来他经常在这堆水泥管上静坐，搬走以后他再坐哪儿？而最关键的问题是，他为什么要把它们搬走呢？

搬走那堆废水泥管，楼前一下变得豁然开朗起来。楼上的人突然对那人有了一点感激。为什么以前大家就没有想到要把这堆废弃的水泥管弄走呢？

后来就纷纷扬扬飘雪花了。透过雪花，人们又看见了那个熟悉的身影。他几乎匍匐在楼前那片因搬走水泥管而变得平整的空地上，用一件什么工具在忙碌着。楼上的人家或在瘭里啪啦搓麻将或在热气腾腾的火锅前劝酒，对着楼前那个渐渐模糊的身影说说笑笑。

那个人真是有毛病。楼上的人不得不这样说。

后来雪越下越大了。后来那个身影再也没有出现在大家的视线里。

来年春天的时候，楼前那片空地渐渐绿了。一个夜雨后的早晨有谁忽然喊：花！

楼上的人仔细看去，空地上真的长起了一片片的花。粉粉的艳艳的亮人的眼。

楼层稍高的人家有了新的发现：那花组成了几个巨大的字：兰王爱我。有人立即纠正：从右往左，应该念"我爱王兰"。懂花的人说这花叫"勿忘我"。

于是楼上经常有半大的孩子一起攒足了劲儿吆喝：我爱王兰，我爱王兰……

有一个人在玻璃后面泪眼婆娑。

遥远的村路

雨落在瓦屋上滴滴答答又顺着瓦沟流下来滴滴答答落在窗台。

姜老七迷迷糊糊躺在床上，起了燎泡的嘴一遍遍念叨：……老四是不是回来了……下雨了那道儿咋走咧……

快了，乡里说快回了咧。守在床前的老妻轻轻摇着姜老七的手偷偷抹着眼泪。

那天村长在村头老槐树上的电喇叭里扯了喉咙一遍遍吆喝。村长说老少爷们听仔细咧乡里让修路，一个工十块钱咧！村长又说吴老四吴书记要回来，一个工十块钱当场兑现咧！

村长说的吴老四是瓦屋村走出去的最大的官儿。从县里到省里，一忽儿是"主任"，一忽儿是"处长"，一忽儿又是"书记"，都把瓦屋村里的人弄糊涂了。但村里人知道，吴老四是省里不小的官，乡长去了省城两次也没见着咧。多少年了，好几次听说要回来，要回村子里来，后来又没影儿了。村长说吴老四吴书记是组织上的人，组织上的人哪能说回就回来咧。

这一次县里布置到乡里，乡里布置到村里，说是吴书记真要回来了。于是要村里赶紧好好整一整路。上一次县里领导来村里就把车蹭坏了，乡长说这一回咋也得把路整一整吴书记要回来咧。

于是，瓦屋村里的男女老少扛了家伙上了村路个个撅起了屁股。

一个工十块钱咧。

姜老七拖着铁锄出门的时候被老妻堵住了。老妻说老七呀你就缺那十块钱咧，都土埋到了脖颈以为是小伙子咧，累垮了老骨头挣的钱小心买不了一包药咧。

姜老七脸就紫了。姜老七说你说什么屁话咧！老四要回来了都盼了几十年了眼睛都瞅瞎了，俺能不去整路让老四顺顺畅畅回来么。

姜老七把锄头往门槛上使劲磕了一磕。

老妻就不说话了。老妻知道，姜老七和吴老四是穿开裆裤的伴儿，那一年村子里过兵，本来一起偷着去报了名儿，都已经跟部队开拔了，结果姜老七的寡母颠着小脚硬从队伍里把姜老七撵回了屋。人家吴老四后来就当上了官。姜老七就跟了一辈子牛屁股。都是命咧。

现在，吴老四要回来了，村里人都修路去了，姜老七咋能在家蹲着。姜老七屁股都着火了咧。

姜老七扛了锄头就出了门。就到了正撅了屁股修路的村里人中间。就吐了唾沫在手心撅了屁股吭哧吭哧。

姜老七，要是你娘不撵你回来，眼前这路就是给你修的咧。

可不是，牛吃稻草鸭吃谷，各人都是各人福，命咧。

有人对姜老七说着笑话等着姜老七接茬儿。姜老七以前喝了酒总要眯了眼说小时候和吴老四咋的咋的。

姜老七依旧闷了头撅了屁股吭哧吭哧。

后来姜老七干脆甩了棉袄干得仔仔细细渴了咕咚半瓢凉水。

路在三天后修好了。

三天后姜老七病倒了。

村医擤着鼻涕说，没啥，着了凉感冒了打几针就好了。村医就给姜老七打了几天吊瓶，还给了一包花花绿绿的药粒。

老妻苦着脸说，都怪俺这个该死的嘴，中了口毒咧！看看，都倒搭进去好几十块钱咧！

姜老七的感冒却怎么也好不了了。姜老七躺在床上嘴里只有出的气儿。

迷迷糊糊的姜老七嚅动那起了燎泡的嘴，反反复复念着那句话：……该回来了……俺能等到老四回来咧……俺还要跟老四拉呱咧……下了雨那道儿可咋走咧……

守在床前的老妻轻轻摇着姜老七的手：快了，乡里说快回来了，老七，莫担心，那道儿好走咧！

说了这话老妻背过身子擦了满袖子的眼泪。

老妻真想告诉姜老七，县里通知了乡里，乡里又通知了村里——那吴老四吴书记回不来了。村长说省里都打电话了，电话说吴书记动身前感冒了咧。

几天后滴滴答答的雨里村里人给姜老七送葬。稀稀拉拉逶迤在那条绕着

村子的村路。

唢呐呜呜哇哇裹着姜老七老妻的呜呜咽咽。

老七你好狠心撇了俺自个走了你走好咧……这道儿大伙儿给你整得平平整整……大伙儿都给你修了一场咧……吴老四没走上你先走上了……老七你好福气咧……

蚂蚁的疼痛

两只一黑一红的手机并排搁在一起。

两只手机搁在情人节的那个上午。

黑手机是男人的。红手机是女人的。情人节的上午把两只开着的手机搁在一起的提议是男人发起的。

事情要回到昨天。昨天晚上男人随意说明天情人节怎么过？女人说你是不是已经安排好了准备出去约会。男人说我那么弱智啊，什么时候约会不行偏偏安排在明天这个日子。再说我要真的出门了岂不是后防空虚给了别的男人可乘之机。

女人说你说什么呐，你女人是什么样的人你还不清楚。女人笑着说你自己不干不净还有脸说别人。此前女人多少知道一点关于自己男人的风言风语。女人看来有些生气。

这时候男人突然说我有一个主意。女人说你又在想什么馊点子。男人说你刚才不是怀疑我在外面有些什么情况吗，明天我就一天不出门。我就把手机一直开着。但我有个条件，明天你也得把手机开着，我们把它们搁在一起。

女人说你什么意思？女人说你是不是有毛病？

男人说就这个意思。我们来做个试验，就当一个游戏。反正明天闲着也是闲着。男人最后笑着说你不放心我，我也不放心你呢。

女人说，行，我倒要看看明天谁的手机会等到信息。你小心自己搬起的石头砸了自己的脚。

男人那时候笑了。男人笑得意味深长。于是就有了今天这个情人节的等待。两只手机蓄势待发，似乎是两只随时可能引爆的炸弹。

男人和女人并排坐在沙发上看一个哭哭啼啼的连续剧，两只手机就搁在面前的茶几上。女人平时是喜欢看这个电视剧的，而且已经连续看了好几

集，眼下正到了高潮部分，可女人此刻却显得有些<u>坐立不安</u>不能集中精力。男人平时是喜欢看那些打打杀杀的东西的，现在反倒看得津津有味。

一个小时过去了。两个小时也快到了。手机还是没有什么动静。电视剧中途插播广告的时候女人忍不住说话了。女人说我们把手机关了吧，我感觉它们在我眼前总是影响我的情绪。男人不慌不忙喝了一口茶。男人说怎么能关了手机半途而废呢？我们说好做这个试验的，怎么也得坚持到中午。

男人和女人就继续看连续剧。这时候手机铃声响了。

虽然电视里面的那个女人正在大声哭泣，还有音乐的迭起，茶几上手机的铃声仍然似一声惊雷，爆炸在客厅里。

男人女人很快判断出铃声来自女人的手机。女人看了男人一眼，手有些颤抖去拿手机。女人按了一下阅读键。就在那一刹那，女人的脸刷地白了。后来又红了。女人说不可能不可能绝对不可能。男人不慌不忙接过女人的手机。男人看见手机显示屏上有这样几行字：情人节快乐，好想送你九百九十九朵玫瑰！

女人说这是谁开的玩笑！女人又对男人说：说不定是谁发错了信息。

男人很大度地说：是的，你说得有道理，说不定是谁开你的玩笑，也有可能是谁发错了信息。

女人听出男人话里有话。女人说你还不知道你女人是什么样的人，这肯定是一个误会。我打这个发我短信的电话，看他是不是一个神经病！

女人就回拨发短信的那个手机号码。女人拨了一遍又一遍。最后女人说奇怪，电话里总是说"你拨打的电话不在服务区"，这是怎么回事？不信你拨拨看。女人把手机递给了男人。女人一脸的认真。

男人没接电话。男人起身开始穿外套。

女人说你去哪里。

男人说我出去走走。男人说我走了好让那个人给你送九百九十九朵玫瑰。

女人说你还是不相信我。女人带着哭腔。

男人轻轻推开了女人的手。男人说，好，我相信你，相信你不行吗。

男人就出了家门。就把一脸疑惑的女人撂在了家里。女人的一滴眼泪，砸疼了正在翻越门槛的一只褐色蚂蚁。

男人很快和另一个女人缠绵在了一起。在这个情人节的中午。

女人说我这个办法好用吧，你老婆怎么也不会知道是我找了一个人给她

发了这个短信。女人说你也肯定配合得天衣无缝。女人说你老婆现在还在琢磨这个短信是谁发的呢。女人最后嘿嘿一笑。女人说你老婆这个情人节过得可真有意义……

男人突然掀翻了身上一丝不挂的女人。女人一愣说怎么啦你发什么神经！

男人一言不发。男人很快穿好了衣服夺门而出一路狂奔。

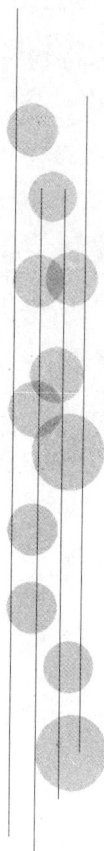

对面的女人

女人决定和男人离婚。离婚的理由是因为对面楼上的那个女人。

对面楼上的那个女人每天早上总要侧身在阳台上梳理长发，穿着红背心，一双修长的胳膊弓在头上拢发，那胸使劲往前挺，像个剪影。

女人有一天发现男人趴在阳台上看。女人就不高兴了。女人说看把你馋的，好像一辈子从来没看见过女人似的。

男人就嘿嘿一笑。男人说看风景呢。

后来女人发现男人经常"看风景"。女人就去商场买了一件黄背心，也在自家阳台上，跟着电视里的马华跳。

女人说你不是想看吗，让你看个够。男人摇摇头，缩回头看女人跳。男人说挺好。

女人跳了一阵又不跳了。女人发现男人看她跳的眼神赶不上看对面的女人梳头。

女人也在阳台上梳妆。

女人发现在阳台上梳妆是比在梳妆台上感觉好。可以一边梳头一边伸懒腰。还可以呼吸早晨的新鲜空气。

女人不在乎男人看对面的女人了。

后来情况发生了变化。后来男人得寸进尺竟然在窗户后面用望远镜看。

女人有一天趁男人不在家也去看望远镜，这一看吓了一大跳：对面女人脸上的汗毛都看清了。女人当即摔了望远镜。后来女人说咱们离婚好了，离了婚你想看哪个女人也没人管了。你就把看女人当饭吃。

男人女人就选了一个日子一前一后去婚姻登记处。登记处外面的两排长椅上分别坐满了男人女人。

先上楼的女人看见椅头上一个女人十分熟悉。女人心里咯噔一下忽然想起，这不就是对面楼上的风流女人吗。

真是对面楼上的女人。这么说也是来离婚的。女人心头滚过一阵快感。

女人还没有说话，对面楼上的女人熟人似的对她笑了笑。对面女人说，怎么，你也来了。

女人说我不认识你。

对面女人说，你不就是住我对面楼上的女人吗，我家男人可认识你。

女人说，什么，你家男人？

对面女人说对呀，我家男人说你跳得比马华都好，说你的线条比马华更好。

女人一惊。女人说你怎么可以这样说话。

对面女人说婚都要离了我怕什么。对面女人说我家男人每天都在窗纱后面瞅你，一天不看就像掉了魂似的。

女人突然格格笑了。女人把对面女人笑得莫名其妙。女人说怎么男人都一个德行。女人说我家男人都用望远镜看你呢。

对面女人也笑了。对面女人突然拽起女人就走。对面女人说这婚咱不离了。

两个女人像亲姐妹一样挽着手出了楼道。出楼道的时候女人碰见了男人。男人看见女人牵着对面楼上的女人吃惊不小。

男人说，怎么又走了？

女人说你没看我正忙着嘛。女人自豪地说我要帮人家男人去买望远镜呢。

飘雪的夜晚

胶东小城人的词典里有一个字：膘。就是傻的意思。

说人傻，就说你真膘。说傻乎乎，就说膘乎乎。

那个人不知道是什么时候到小城的。扛着他的行囊不知疲倦地走。

小城人就叫他膘子。

后来膘子就制造了一个故事。

那是个夏天的晚上。膘子转到了城区一个公园的深处，看见一男一女在一个石凳上忙活，男上女下的。

膘子就好奇。就歪着头看。

男人停止了动作。男人生气了：看什么看，膘子！滚——

膘子就走了。膘子虽傻，但知道自己此刻不受欢迎。

膘子回到了他的窝——流浪人的临时住处，一晚上没有睡着。老是在琢磨那个场景。他是个膘子啊，不懂。

第二天一早，带着满脑子的疑问，又去了。

远远的，又看见了那个石凳。

这一次，仍然有一个男人，背心裤衩的，依然在石凳上，一上一下。

男人在做俯卧撑。

看见有一个人在欣赏，男人就起劲地做，吭哧吭哧的。几十下之后，发现看他的人仍然不走，仍然歪着头看，就心里发毛了。就知道遇见膘子了。

男人就停了动作，骂：看什么看，膘子！滚——

这一次膘子没有滚。

膘子站稳了，字正腔圆地说：膘子？谁膘？你才膘呢。你身下的那人早走了，你还在那儿忙活，喊，还说我膘——

一边晨炼的人听见了，呵呵就笑了。就成了笑话。

小城人经常互相取笑：谁膘？你才膘呢。

小城很快就冬天了。就下雪了，铺天盖地的。

那个晚上，几个半夜吃火锅的人从二楼的窗户忽然看见，有一个人在一家店铺前脱衣服。一件一件的。

眼尖的人就认出来了。就喊：膘子——

很多人就透过窗户去看。

许多的玻璃上就贴了许多笑嘻嘻的脸。

就看见膘子把脱下的衣服一件件穿在一个人身上。

人们这才看见，那家店铺门前的台阶上，立着一个人。一个光着身子的人。

有人就笑，就摇头：真是个膘子，就是脱，也不知道脱一件给那人穿一件。竟然先自己脱光了，再一件一件给那人穿。到底是膘子啊。

膘子一件件给那人穿好了。似乎不放心似的，上下拍了拍，又歪了头，像在欣赏自己的杰作一样。最后，才咔嚓咔嚓踩着雪，一步一步走了。

其实脱光了衣服的膘子并不比没脱衣服白多少。更何况有雪的映衬。又黑又小的身子就咔嚓咔嚓地走在雪地街道上。

直到消失在人们的视线里。

那个穿了衣服的人一直立在那家店铺前。

那个人是个女人。正确说是一个塑料女模特。风雪来得急，被店家遗忘在门口了。

小城的人从此没有见到那个膘子。

没有人知道。

为什么要知道呢？

感谢一双鞋

随着拥挤的人流走出出站口，他终于可以呼吸一口新鲜空气。这是他求职的第三个城市了。屡战屡败，但他还是抱着希望。他是从网上报名参加这个城市一个公司的竞职面试的。现在，离面试尚有一段时间，他心事重重地拖着旅行箱在车站广场溜达起来。

老板，老板，请擦鞋！

帅哥，帅哥，擦擦鞋！

忽然，广场护栏边两个一胖一瘦的擦鞋女一齐冲他喊起来。他就笑了：眼下自己不是什么老板，只是一个求职的大学生。自己眼下也不帅，灰土土的。他看了一下自己的鞋，发现什么时候被人踩脏了。他突然决定坐下来，擦擦鞋。马上要面试了，穿着这么脏的鞋很不礼貌，而且，他对眼前的擦鞋女也有了一些同情：作为职业擦鞋女，他们坐在这里，风吹日晒，也不容易，照顾一下她们的生意，可谓一举两得。

他问：擦一双鞋多少钱？两个女人几乎同时说：两块。他在马扎上坐下来，把脚分别搁到了两个人面前的擦鞋台：这样，你们一个人擦一只鞋，好不好？

两个女人都笑了。胖女人说，哪有这样的，要不你让她擦吧。瘦女人说，你坐的是她的马扎，你就让她擦吧。他说，不行，这样不公平，如果你们不按我的要求，我就不擦了。他装出要起身的样子。两个女人相视一笑：好，我们擦。于是，两个女人就给各一只鞋，呼呼呼擦了起来。不一会工夫，鞋就擦得漆黑油亮。他掏出两块钱，各给了一块，然后起身离开。

鞋擦得亮，加上刚才和她们说笑，他似乎一下精神了许多，他转身去把旅行箱寄存在火车站寄存处，然后大步登上了通往面试公司的 3 路车。

他准时参加了面试。过关斩将，最终被录取试用。

　　下午，他兴冲冲去火车站取旅行箱。他在心里本来做好了最坏的打算：带着旅行箱离开这个城市。而现在，他是要取回旅行箱去宿舍报到。路过广场那道护栏，他又看见了那两个擦鞋女。他想起了宣布录取结果后主管跟他单独谈话的一幕。主管盯着他说：你今天能被录取，知道要感谢谁吗？他说：感谢您和公司的面试老师。主管说：不，要感谢你的一双鞋子。感谢鞋子？他有些发愣。主管说：你不比你前面那一位更优秀，但是我们选择了你，因为你的鞋子比他的亮。你知道为什么吗？他忽然冒了一句：你们不是以貌取人吧？主管笑了：我们确实要"以貌取人"，一个连自己的衣着也不在乎的人，是不会在乎工作质量甚至是人生质量的。至少，擦亮一双鞋，是对自己和别人的尊重，也是一种自信！

　　这么说，他早晨选择擦鞋是正确的。这么说，他要感谢的人，是那两个擦鞋女。

　　他又一次坐在了马扎上。那个胖女人认出了他：哟，你不会是又要我们各擦一只鞋吧？

　　他笑了：你说得对，早晨我让你们各擦了一只鞋，现在，我想请你们再各擦一只，这样，你们今天就都完整地给我擦了一双鞋了，怎么样？

　　瘦女人说：用时髦话说，你很有创意，好。两个女人就要开始擦。他突然把脚缩了回来。胖女人说：怎么，你又改变主意了？他说，你们俩互换一个位置。瘦女人说：为什么？他指着瘦女人说：早晨我记得你是擦我的左脚的，现在你还准备擦我的左脚，所以，你们等于还是没有擦一双鞋，擦的是同一只鞋。

　　两个女人哈哈笑了。瘦女人说：你这个人太有意思了，好，我们换。于是，等两个女人换了位子，他把两只脚伸了过去。那一刻，他的心情随着两只鞋一起，再一次亮起来……

事故或故事

那个下雨的上午老安在通信大厅临窗的米白色沙发上坐了下来。老安刚办完手机业务,要出门的时候发现外面的雨下大了。因为下雨,没有带伞的人就跟老安一样选择了坐下来等待。

一个女孩就坐在了老安的身边。

于是就开始了这个故事,或者说发生了这场事故。

其实,陌生人之间是要保持一定的距离的。但因为下雨大厅里滞留的人多,女孩坐下来的时候就几乎是贴着了老安。其实贴着坐也没有关系,除了可以闻到女孩身上散发的青春的气息,老安也没有什么想法,偏偏女孩很快跟老安搭讪了。其实女孩也没有说别的什么,就是问老安几点了。那时候穿短袖的老安胳臂上有一只亮晃晃的手表。

前面说过,女孩本来是贴着老安坐的,而且是坐在老安的右边,偏偏老安的手表戴在左手。这女孩一扭头看时间,头就必然要往老安这边伸,还要稍微低着。这样,老安的脸就碰着女孩蓬松的秀发了。严格说,是女孩的秀发触到了老安的脸。触到了老安那张还不算太老的脸。

老安一边悄悄地高频率地吸鼻子,一边说:十点差五分。女孩也看清楚了时间,撤回头的时候嫣然一笑,还说了一声谢谢。女孩的秀发那么轻轻一甩,像无数美丽温柔的小鞭子从老安脸上掠过。那是很短很短的一瞬。

其实这事也就过去了。老安也就忘记了。因为后来雨小了,老安和滞留在大厅的人一样,走到了外面,又各自开始忙碌起来了。

多少天以后的一个晚上,老安例行陪老婆在客厅里看电视。也坐在米白色的沙发上。一部温情的反映爱情的电视剧让老安和老婆也变得含情脉脉。

谁也没有想到,几分钟之后,老安和老婆之间的温情就被一个广告撕碎了。

老安和老婆看到电视剧最关键的时候，一个广告片插播进来了。现在的电视剧都这么干，都在剧情最关键的时刻毫不客气地插进来。

这一次插播的是反映某通信公司热情服务顾客的广告小片。其中的一个镜头让老安老婆嗷地叫了起来，就像毫不提防发现了一条蛇或者直接被蛇咬了一口。

正喝茶的老安急忙去看，一个熟悉的画面展现在电视机屏幕上：宽阔明亮的大厅里，一个漂亮时尚的女孩扭头探到一个男人怀里，接着撤回头，嫣然一笑。窗外，初夏的雨正在酣畅淋漓地下……

那个男人，就是老安自己！

其实这个画面是很短的，高明的摄像编辑把它处理成了慢动作。于是就是一幅飘逸浪漫又温馨的爱的场面。

女人说怎么回事？！老安还没有回过神来，犹豫着说：什么怎么回事？女人说电视机里面！老安说什么呀，这不是在演电视剧吗，接着看！

此时那个惹祸的电视广告过去了，又开始了那个哭哭啼啼的连续剧。

女人不干了。女人说你刚才也看见了的，你休想抵赖，说，那个小女人是谁？

老安终于明白是怎么回事了。老安把跳起来的女人安抚到了沙发上。老安说，你听我解释，前几天下大雨，我——女人说是的，我都看见了，是下大雨了，你挺会选择时间挺有情调的啊。老安说你听我说完嘛，那天我去通信公司大厅办完手续，就到沙发上坐了一会，这时候——女人又打断了老安的话。女人说，对，我看见了，那个狐狸精一样的小女人就贴上了你——早就约好在那里等你的吧。你们真浪漫啊，在大庭广众之下也敢那样亲热！

老安说不是，其实不是亲热，是她问我时间——女人又说话了。女人说对，你们商量怎么安排下一步的时间，继续你们的鬼混！

男人有些急了。男人说你怎么这么俗啊那天我们俩——女人忍不住哭了彻底爆发了：还有脸"我们俩"呢——你们俩没有一个好东西，这电视都拍下来了都播了……你还有脸说我俗……

这时候又开始插播广告了。

还是那个广告宣传片。又重复出现了老安和那个女孩"温馨浪漫"的镜头……

老安后来的日子被这个镜头扰乱了。邻居的单位的无数双熟悉的眼睛也

看见了这"珍贵"的一幕。老安倔强的老婆把老安撵出了门。

那天郁闷的老安忽然想到该找找电视台了。于是就去了。负责广告的那个戴眼镜的编辑让他到五楼政工部门去反映。结果上到五楼发现没人。老安只好下楼，等什么时候再来。

老安下到三楼的时候跟一个人碰了面。

正是那个女孩。那个在电视广告里和老安一同"出镜"的女孩。一同"温馨浪漫"的女孩。

女孩也认出了他。女孩一愣。老安说你是到五楼找政工科投诉的吧。女孩说是，怎么，你就在这里上班？老安说上个屁班，跟你一样，来投诉的，人不在！老安又凶巴巴地说：都是因为你！

女孩说你还说呢，我男朋友满世界找你都要跟你动刀子呢。女孩又低头说不过现在不会了，我们分手了。

后来老安就和女孩认识了。

后来老安就和女孩又去广告编辑部了。就又说到了那个广告片。戴眼镜的编辑说我跟你们说了有意见去政工部门去投诉！老安把一袋喜糖拿了出来。老安说兄弟我们不是来投诉，我们想麻烦你把那个广告片拷一份给我们做个纪念。

后来女孩就成了老安的老婆。

后来老安原来的老婆逢人就说：怎么样，我说他们早就搞到了一起没错吧。

村长家的鸡

傍晚的时候，老芦和小黄依偎在廊檐下打盹儿。

老芦和小黄是一公一母两只鸡。

老芦是一只芦花公鸡。小黄是一只黄毛母鸡。它们是村长家的。

老芦说我这一阵儿怎么老是犯困，而且体力也明显不如从前了。小黄说你是坏事干多了呗，这左右邻舍的鸡婆都被你糟蹋遍了。老芦说看你把话说的，这不都是为了大家多下蛋嘛，再说你以为这活儿好干吗，好多鸡婆根本不配合。老芦又说，就是你一个蛋影子也没有，都让我白费力气了。

小黄白了老芦一眼：讨厌，你偏偏暴露人家的隐私，再说这是人家的错吗？老芦急忙说，不好意思，都怪我这张该死的嘴。

老芦和小黄在廊檐下一句半句打情骂俏的时候，屋子里的电话响了。

村长有些沙哑的嗓音就传到了老芦和小黄的耳朵。

喂，哦，王主任啊……什么，明天下来？啊，好哇，我让他们别给池子里的鱼喂食……对，眼下鱼肥着呢。什么？只钓不吃？啊对，鱼都是喂饲料长大的……你说明天中午弄几只农家土鸡尝尝？好哇。那明天我在家等着，就这样……

老芦说，完了，明天不知道又该谁倒霉了，那个胖子王主任一个人就得吃一只鸡。小黄说这就是命呗，人家人还挺仁慈的，动手前都要念那句"鸡子你莫怪，你本一碗菜，今年早些去，明年快些来"。

老芦说他们还有比这更绝的，上次也是王主任过来，他们在火锅上架了两根滑溜溜的筷子，让一只灌了酒的老鳖在上面爬，一边说，老鳖，你要是爬过去了咱们就不吃你了，现在就看你自己的了。小黄有些着急地说后来呢？老芦说那还用问，那老鳖才爬了一下就落到滚烫的汤里去了。

小黄说，唉。

小黄后来问，刚才村长在电话里说不给池子里的鱼喂食，那是什么意思啊？

老芦说这你就弱智了吧。你想啊，要是今天把承包池子里的鱼喂饱了，明天王主任他们怎么钓？鱼吃饱了就不吃他们的饵了。

小黄说，哦，这么回事，饿急眼了的鱼明天见了王主任他们的饵就咬。这么说，明天鱼也要遭殃了。

老芦和小黄说着说着的时候，村长的胖老婆打麻将回来了。村长说明天城里的王主任要来了，明天星期天，他们说来钓鱼。

村长老婆说挨刀的又来麻烦人。村长老婆今天在牌桌上输了钱，心情不大好。

村长说哪好意思不答应，咱好多事都得求人家呢。村长又说，王主任他们想吃土鸡，你看……村长老婆说眼下正是鸡婆子下蛋的旺季，谁家会卖！

这时候村长就说，要不，把咱家的两只鸡宰了。

村长的话对老芦和小黄来说，仿佛是一声晴天霹雳。

小黄说，天啦，怎么这么快就轮到我们啦！老芦说，嘘，别吵，听他们怎么说，关键得看村长老婆怎么说，好多事情都是村长老婆拿主意。

村长老婆说，也行，那只芦花公鸡也老了，最近老打瞌睡，刚才我进门的时候还看见它在廊檐下蹲着呢。那只黄母鸡呢，到现在也没下个蛋，养着不是糟蹋粮食吗。一起宰了算了！

老芦和小黄霎时都哆嗦了一下。特别是小黄，脸都灰了。

村长说就这么定了。村长说完又想起了什么，说，明天上菜的时候你千万别说盆里的鸡是只不下蛋的鸡，就说是正在下蛋的鸡，让王主任他们知道，咱们够意思，把自家下蛋的鸡也给宰了。再说，下蛋的鸡才能叫母鸡，母鸡最有营养，他们吃着也高兴。

小黄听到这里，冲着屋门呸了一声。

小黄说，呸，什么鬼逻辑，咱不叫母鸡叫什么鸡！再说了，要吃老娘了，还先把老娘损一遍，什么玩意儿！

都什么时候了还生气，眼下名声要紧还是命要紧？真是妇人之见。老芦斜了小黄一眼。

咱们的生命都倒计时了！老芦颤抖着嗓子又补充了一句。

小黄撒娇说，我这不是着急吗，我听你的。说罢直哆嗦的身子贴着老芦。

老芦深邃的目光久久盯着夜幕四合的天空。

天，渐渐黑了，家家户户次第亮起了灯。

村长老婆"咯儿——咯咯咯咯"呼唤鸡的声音在村子里回响。

那时候，老芦和小黄依偎在村头一棵皂角树上。浓密的叶子筛下点点星光。

你听，村长老婆的嗓子都哑了跟村长的哑嗓子一样了。小黄把声音压得很低。

老芦说，这样他们就更相配了。小黄嘟着嘴说，我们就这样私奔，我可吃亏了，你这么老都干不动了。老芦说，看看你，又弱智了，现在外面不是时兴老少配吗，再说能躲过明天的一劫，你就该偷着乐了。

小黄哼了一声，就把头插进了老芦温暖的翅膀下。

老芦和小黄就在村长老婆越来越嘶哑的呼唤声里进入了甜蜜的梦乡。

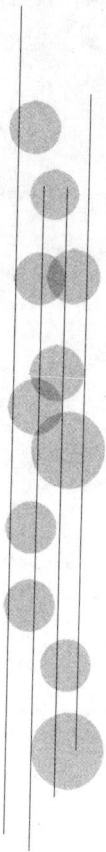

最后的艺术

老古近日特忙。忙着举办个人美展。

他那瘦长的身躯影子似的跳跃在人群里。他那长发覆盖的脸上，闪现着掩藏不住的近似疯狂的喜悦。他那深邃执著的目光，往往越过人群头顶，直刺遥远天穹。

老古的美展没有使用颜料和画板，也没有动用宣纸和画布。所有的唯一的材料，除了绳子，还是绳子。是的，神奇的绳子，伟大而不朽的绳子。

老古说，不能忘记我们祖先最初的"结绳记事"，正是绳子，开发了人类智慧的处女地。

老古说，也不能忘记正是这种智慧的绳子，后来成了桎梏人类手脚的镣铐，黑色的枷锁。

老古说，绳子曾经成为女人的裹脚布，男人的长辫子，就是现在，人们依然还在腰间和脖子系上一根。

……

老古的绳子学说使许多人张口结舌，之后是心有所悟，最后沉默无语。人们对老古刮目相看。老古那高而瘦、裹一身黑衣的身子也仿佛是悬着的一截绳子。

于是老古开始了他那独特的美展筹备。

老古的小小屋子里堆积着一根一筐筐各色各样不同质地的绳子：黑的黄的绿的白的紫的尼龙的亚麻的塑料的金属的……老古埋在绳子的世界里沉浸在即将取得巨大成功的喜悦的幻影里。

几十幅作品问世了。或曰《宇宙的幻觉》或曰《生命的流质》或曰《无题的无题和有题的无题》……老古小心翼翼地把它们一一挂在展览厅墙壁上，然后以一条缆绳围之，作为框饰。虽然只占用了展览厅的一面墙壁，老

古依然十分满意。当今世界，数量已经不能说明什么问题，TNT 与原子核的当量是无法比较的——这是老古的推论。老古预言这次美展如一颗原子弹，将在美术界直至整个文学艺术界引起不小的震动，它的余震必将波及哲学界，引发人们对历史、现在及未来的反思和探索。

最后，临近墙角，还剩下一块空壁，老古手中也剩下最后一截绳子。

老古久久面壁而立。

老古的脑子里在激烈地酝酿这最后一幅作品的样子。老古想象着当人们来到这最后一幅作品跟前，是应该如同读到一个惊叹号如同听到一声惊雷。

展览厅门口射进来的阳光把老古黑色的绳子一样的身影投到了白色墙壁上，瘦小的脑袋和瘦长的四肢绳梢一般四方张开，构成一幅绝妙的图画。

老古突然攥紧了手中的绳子，一双瞳孔迸射出深邃幽远、幻影摇摇的光彩。一股魔力缓缓举起了老古的双手，熟练而轻巧地把绳子结成了一个圆环，像一个大大的句号。老古踮起脚尖，登上小凳，把黑色的头伸进了绳环之中。

一丝微笑掠过老古庄严的面庞。在那一瞬，老古想象着人们，将是怎样的惊奇。

老古蹬倒了脚下的木凳。

绳子绷直了。那是一截黑色的亚麻绳子，结实而细巧，闪耀着黑色金属一样的光泽。

霎时，老古眼前的世界，一片灿烂，一片辉煌。

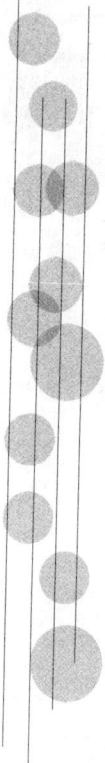

永远的雕像

一位致富不忘家乡的企业家出资二十万，修建了一座大型跨河桥。这位企业家经人介绍，找到了我这个尚有点名气的雕塑家，请我塑一尊石雕立在桥边。

有一笔生意找上门来我当然乐意。但我心里觉得有些好笑。建一座桥本已是对你富甲一方的绝好证明，何苦要再立雕像，画蛇添足。唯一的解释就是钱多没处花。大概这个雕像是要以他本人为模特儿，想万古流芳。这么看来在价钱上他是会很慷慨的。我的几个同道的哥们儿都说这是个能"宰"的主儿。

当提出设计造型时，我问是不是以他为模特儿，他立即否定了，认真地说：以我娘。我没有想到。

原来他要为母亲雕像。

于是，他给我讲了下面一幕情景。

十六年前一个夏日傍晚，山洪暴发，天昏地暗。一个放学归来的十六岁的少年，躲在河边一棵孤柳下，浑身透湿，恐怖地盯着面前咆哮的河水。往日的那座摇摇欲坠的木板桥没有踪影。

后来，少年听到雨水声中一声声的呼喊：狗子——狗子——

少年渐渐看清了，河对岸身子单薄的母亲顶着一块塑料布，艰难地走来了。母亲也看见了儿子，来不及绾起裤腿就踏进湍急的河里。少年的眼睛里充满了希望又涨满了恐惧：河水无情地纠缠着瘦弱的母亲。突然，上游一股更凶的水奔涌下来，母亲一闪不见了。少年急了，跟着水往下游跑。母亲被水托了出来。

娘，娘——

少年哭喊着。

母亲被浪头抛起的片刻，用了最大的声音喊：

狗子——饭在灶膛里——有二十块钱在床上棉絮里……

母亲语音未落，就被水卷走了。

后来少年辍学了。少年用母亲积攒下分分角角的二十元钱到镇上做生意，一直到今天。

我被企业家的讲述打动了。那一夜我失眠了，那一幅图景总纠缠在头脑里。

终于，我开始了有生以来最重要的一幅作品的雕刻。

雕像揭幕的那一天，当这位农民企业家亲手拉开雕像上的一层白绸，他惊呆了——风雨中，一位灰白头发被风吹乱的母亲擎着一块雨衣，神情焦急地在呼唤……

企业家紧紧抓起我的手：谢谢你画家，谢谢你！他的声音颤抖着，眼睛里闪着泪光。随后他说：工钱多少，你随便开个价！

我轻轻挡开他的手，郑重地说：不，这尊雕像是无价的。

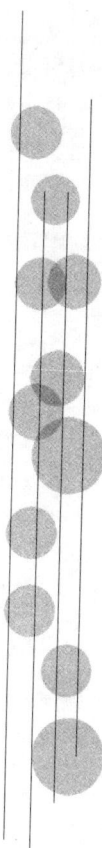

米满仓的想法

　　天刚刷亮的时候村东米家就传来女人哎呀哎呀的声音。早起的人竖着耳朵听了一阵有人就笑了：米满仓从南边打工回来逮着女人快活了。也有的人说不对吧满仓狗日的咋也不能折腾一宿呀。

　　说笑的工夫米家女人突然连蹦带跳衣衫不整地从屋里出来了，一边还呜呜地哭。村里人明白了：米满仓跟女人干仗了。

　　米家女人说狗日的满仓你打自己老婆算什么能耐有本事在南边待着别死回来。女人说狗日的满仓有本事你去找村里乡里拿女人出气算什么爷们。

　　村里人在米家女人哭闹蹦跳的工夫很快就弄清楚了来龙去脉。

　　昨天傍晚在外打工的米满仓因为工厂倒闭辗转回家了，晚上跟女人缠绵了一夜天不亮摸着锄头就要去地里。女人一把扯住了。女人说你在床上犁了一宿的地咋还有力气去地里呀。满仓说在厂子整天牛马一样我也不嫌累就个女人还能咋的，再说我出门快一年了不看看地心里慌着呢。

　　米满仓掰开女人的手就要走，女人突然扬起了脸。女人说那地已经不是咱家的叫乡里——征去了。女人说乡里引进了一个大项目乡里说为了集体利益必须牺牲个人利益。女人又说其实也不是牺牲乡里给了咱一万六千块钱的土地征用费呢。女人最后压低了声音，女人说你不在家我就做了主签了字按了手印。

　　女人就去床铺下面掏出来一摞钱。女人说钱都在我这一辈子从来没有看见这么多的钱我每天晚上睡在上面总做好梦呢。

　　米满仓女人兴高采烈的时候突然就挨了男人一巴掌手里的钱撒了一地。憋了半天的米满仓吼着说钱钱钱你个败家的女人就知道钱。满仓继续吼着说没有地你能把这些钱当饭吃。满仓就抓了一把钱塞到号啕大哭的女人嘴里。女人呜嗷着跑到屋外骂起米满仓狗日的……

米满仓在屋子里不吃不喝坐了几个时辰。后来就找村主任了。

村主任正在打麻将。满仓说主任你看我家的那块地——主任说别说地的事我知道你找我的目的。主任没看满仓一眼抓了一张牌。主任说那是乡里的事有本事去找乡里理论。

米满仓揣了一包烟去了乡里。满仓说乡长你看我家的那块地——乡长乐呵呵地说满仓啊你的问题涉及合同问题也就是法律问题，你老婆已经跟村里乡里签了土地征用合同你知道现在是法制社会。米满仓说可是我那块地我是想……乡长说我知道你的想法但你不要没有眼光只盯着那几亩地，再说了你也是个明白人你说牛犊子都生出来了还能再把它塞到娘肚子里？米满仓哀求说乡长我想看看上头的文件关于关于土地承包还有——乡长说你看看你咋这么较真红头文件有的是你就是半个月也看不完，再说管材料的小李回家生孩子了你过一段时间再过来。

米满仓就灰土灰脸回家了。

过了几天米满仓又去了乡里。满仓说乡长小李的孩子——乡长说你不用说了我知道你的想法你还是想看上面的红头文件。乡长说你这个人怎么这么胡搅蛮缠你以为上头的文件是给你准备的？满仓说你看我家那块地——乡长头一次拍了桌子乡长说你一个大老爷们离了地就不能活了，再说已经给你补偿了钱你做点啥生意不比种地强你咋就这么个一根筋？满仓快要哭了满仓说我的想法是——乡长挥挥手说别想法想法的我是一乡之长要考虑几千个人的想法走走走我要去县上开会司机都催我几遍了。

米满仓就跟着乡长下了楼就淹没在乡长坐骑扬起的尘土里。

这时候一张纸飘到了米满仓的跟前，捡起来一看有一行文字：《关于高岭乡绿化过火山林的补充通知》。米满仓抬头一看又一张纸从附近一个水泥坑里飘出来。米满仓抓起来再看——《关于乡中心小学学生餐费标准的报告》。米满仓心头一阵狂喜他觉着自己发现了水泥坑这个"聚宝盆"。米满仓知道所有的纸张都是从那个垃圾坑飘起来的。

后来米满仓隔三岔五去乡里掏垃圾或者围绕乡政府院墙转悠。只要是纸大大小小边边角角不管什么颜色都捡起来平展开来。米满仓一看见纸张就欣喜若狂。米满仓知道说不准哪天他就能捡到他想看的文件虽然每一次都是失望。

后来也不管是乡政府附近的纸还是村路上的纸还是学校操场的纸，米满

仓都要捡起来如获至宝。有人说米满仓有头脑开始捡废品了要当破烂王了。有人说米满仓从南边回来有知识了懂环保了开始做好事了。有人说米满仓肯定是脑子坏了要不他捡回家的纸咋就一张张摞在一起一张也不卖呢。

后来县上搞环保要求每个乡评一个农民环保模范。大家都想到了米满仓。后来米满仓真的就评上了。后来乡里送米满仓到县上开大会了。

颁奖大会上女主持人为了活跃气氛说米满仓同志此时此刻站在这里你有什么想法？

米满仓被太阳晒黑了的脸似乎更黑了。米满仓说我的想法我的想法我的想法……

坐在会场前面的乡长也大声说：米满仓你别怕想说啥就说啥！

会场霎时寂静极了。

米满仓终于说了一直想说的五个字。

米满仓说：我——要——我——的——地！

长椅上的女人

那是一个星期天的上午，两个女人坐在市立医院妇科门诊外走廊的长条木椅上。一个是烫着波浪的金发女郎，一个是拉了直板的披肩发女人。她们在等待医生的招呼。因为是星期天，看病的排起了长队，依次等候。

在坐了几分钟之后，左边的金发女郎对身边的披肩发女人笑了一下，找了一个话题：大姐，你也是看妇科的吧，怀孕了吗？

看得出来，金发女郎是个性格热辣的女人。

披肩发女人淡淡地说：是的。女人说话的时候眼睛一直看着对面的白色墙壁，一副神情抑郁的样子。

大姐，我看你好像很不开心，医生说了，女人怀孕以后一定要保持乐观开朗的心情，这样，你将来的孩子才能有一个健康的心理，你自己也能减少因为怀孕带来的不适的感觉。你看，这些医学杂志上也这么说。

金发女郎把一本花花绿绿的杂志哗啦晃了一下。金发女郎一脸灿烂。

大姐，我也怀孕了，而且我这是第三次怀孕，以前几次都习惯性流产了。所以，这一次，说什么我也得保住。我今天来看医生就是为了保胎。

披肩发女人这才把视线移到了金发女郎的脸上。

金发女郎轻轻拍了一下小腹，脸上的笑什么时候没有了。大姐，不怕你笑话，我——是未婚先孕。金发女郎声音稍微低了一些，接着说，大姐，不瞒你说，我肚子里的这个孩子的爸爸还是个有妇之夫。我俩偷着都三四年了，一开始我不知道他结婚了，后来他答应我跟老婆离婚，却一直没离。我知道，他不是不爱我，他舍不得那个家，特别是那个女人，就是他那个老婆。还有，他也怕影响他的职位，还有他的前途。

金发女郎说到这里一咬牙：所以，只要我生下这个孩子，生米煮成了熟饭，他就躲不掉也赖不掉了，就不能不认这个账了，我也就有了筹码了。大

姐，你是不是觉得我很坏呀？

披肩发女人摇了摇头，仍然没有搭腔。

金发女郎憋不住又问：大姐，那你这是头一次怀孕吗？怎么孩子他爸没有陪你一起来？

披肩发女人叹了一口气，过了许久才说，我是第一次怀孕，不过，我，是来做人工流产的。我们——分手了。

啊？金发女郎吃了一惊：大姐，对不起，我们女人的命怎么都这么苦哇！

长椅上的两个女人许久没有说话。

后来金发女郎又侧过来头，认真地说：大姐，你别怪我多嘴，我这个人就是爱刨根问底——你们是因为什么分手了？还有一点就是，他，知道你怀孕了吗？

许久，披肩发女人淡淡地说：他不知道，至于分手的原因，对不起，我真的不想说。再说，你可以看出来，我并不是一个漂亮的女人。

金发女郎急忙接过话茬：大姐，你是说他被别的女人抢走了？如果是这样，那你也太老实太软弱了，就这么算了饶了他，太便宜他了！那个女人是谁？你得找她去！得有个说法！金发女郎一脸打抱不平的表情。

过去了，都过去了。披肩发女人摇摇头，自言自语：都不容易的……算了，总得有个人受伤，总比两败俱伤好。

大姐你——金发女郎有些急了。

这时候传来了医生喊号的声音：11 号，11 号！

哎哟，医生叫我了，大姐，这是我的电话，回头什么时候想起了给我打电话吧，一定啊。

金发女郎从病历上撕下一块纸，匆匆用口红写下电话号码，递给披肩发女人，一阵风似的进去了。

五个月后的又一个下午，两个女人坐在了市区中心花园的长条木椅上。那是一个美丽的秋天。

那个金发女郎的头发又恢复成了黑色，大波浪的烫发不见了，却像瀑布一样披挂下来，显得妩媚动人。披肩发女人的头上却变成了碎发，很平静快乐的样子。

两个女人的脚下，有一层金黄的落叶。

大姐，谢谢你终于想到了我，给我打了电话，其实，我这几个月一直想和你说说话，可我没有你的电话。

　　我也是，几次拿起电话，最后又放下了，昨天，我还是忍不住打电话约了你。哎，都五个月了，你的肚子怎么一点动静也没有……你，又习惯性流产了么？

　　呵，不是，那天在医院跟你说完话后我就想通了，第二天我主动做了人流。我为什么要把幸福拴在那个男人身上呢，用你的话说，我为什么要两败俱伤呢。你看，我不是很快乐吗。大姐，你的肚子——有七八个月了吧，怎么，那次你不是去做人流吗？

　　哦，那天，我也改变了主意，没有做手术，要知道，这是我们爱情唯一的——纪念。

　　……

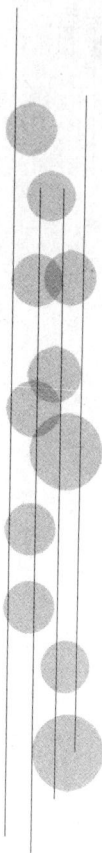

睡上铺的女孩

去郑州开完笔会，我就坐上了去成都的火车。因为临近五一，车票紧张，杂志社帮着买了一张中铺。我庆幸不已。这年月，赶上旅游旺季，能睡上卧铺，你就得偷着乐了。

我刚上了车把旅行包安顿好，一个50多岁的妇女拎着包牵着一个老人过来了。

妇女介绍说，老人是她妈，住了一阵生活不太习惯，要回老家，自己一时走不开，只好让老人自己回去。

妇女说到这里，指着手里的一张票，眼睛瞅着上铺：这可咋办，我好不容易托人才买了这张卧铺票，却是上铺的，这可咋办，我妈晚上要上好几趟厕所，愁死了。

妇女说罢用眼光扫着我们几个坐在下铺上的人。她的意思很明显：想找谁换个下铺。

车厢里一时安静下来。坐在下铺头上的一个人先说话了：大家都看见了，我这么胖，我在家爬楼梯都困难，再说上铺那么窄，我也倒腾不开，要是坐公交车让个位子啥的我可不含糊。我这是花高价买的一张下铺票，就是为了不爬上铺。

胖子似乎说得合情合理。胖子一边说一边印证似的，拍着胸前的肥肉。

大家把眼光又投向了另一个下铺，一个戴眼镜的瘦个子。在我们这个厢里，六个人，两个下铺，两个中铺，两个上铺，除了胖子，下铺就剩下他了。

妇女说：大兄弟，你看，给换换吧，我也不让你白换，再多给二十元钱，算是差价。

妇女似乎早有准备，一张二十元的钞票随手掏了出来。其实上铺与下铺的差价就十几块钱，妇女多给了。

瘦子连忙挥手：不行不行，我的腰不好，不能睡上铺，这个钱你让别人去赚吧。瘦子说罢急忙把手撑在了腰间。

妇女有些失望，一再说"这可咋办"。再有十几分钟火车就要开了，我们帮她出主意，让她找别的人试一试。妇女犹豫了一下，牵着老人就往车厢中间去了。

一会，一个衣着有些暴露的女孩拎着一个包过来了，对了一下车票，就把那只彩色的包甩到我头上的上铺去了。这么说，她用自己的下铺帮老人换了上铺。

很快，那个妇女和她母亲过来了，妇女说，谢谢你呀小妹妹，来，我们说好的，这二十元钱你一定得拿着。女孩似乎有些犹豫。老人说，孩子，拿着，拿着。女孩瞅了我们大家一眼，就收下了，对妇女说，阿姨，你放心下车吧，路上我会照顾老奶奶的。

那个妇女高兴地下车了，女孩扶着老人到隔壁去了。瘦子一边整理被子一边说：拿人家的手短啊。小女子挺会挣钱的哈，这年月，啥钱都有人挣啊。

火车终于开了。那个女孩过来往上铺爬。本来穿着露脐装的她这会儿连肚皮都露出来了。下铺的胖子和瘦子互相挤着眉眼。

头天晚上我和笔会的哥们几乎闹了个通宵，现在正好补觉，于是灌了一瓶啤酒倒头便睡，一个下午就过去了。睡上铺的女孩除了发短信就是听音乐。晚上还看见她扶着老人上了一趟厕所。

第二天上午，车快到成都，那女孩忙着描眉画唇，香气扑鼻。在她去洗手间的时候，下铺的瘦子有些暧昧地说：这小女子又准备挣大钱了。胖子说，吃青春饭吗，正常。瘦子又接了话茬：不得了，太有经济头脑了，坐了一趟车，比我们多挣了二十块钱！

女孩很快回来了，取了包往胸前一拎就到隔壁去了。火车停稳以后，我看见她扶着老人下火车。在月台上，接老人的是一个小伙子。女孩刚腾出扶老人的手，立即掏出二十元钱塞给老人，我看见小伙子似乎糊涂了，那女孩好像在解释什么。最后，女孩硬把钱塞给了老人，扭头跟着人流往外走。

喜欢探究的我跟了几步，一边很随意地问女孩，你怎么把老奶奶女儿给的钱退了？你怎么当时没有拒绝呀。我尽量装做好奇的样子。

女孩一愣，反问我：你什么意思？

我连忙解释，没啥，我只是好奇。

女孩爽快一笑，哦，这个吗，你想啊，我如果当场拒绝了那 20 元钱，怕那位老奶奶的女儿回家后不放心，还有，当着那两个不愿意换上铺的人，我要是不接那 20 块钱，痛快地跟老人换了铺，他们岂不是没有面子？

女孩说罢又灿烂地笑了，她盯了我一眼，有些调皮地说，如果你睡下铺，也会跟老人换上铺，对不对呀？

我笑了。我对眼前这个睡上铺的漂亮女孩很爷们地说：那当然！

阳台上的风景

研究生班的美女冰冰让许多双眼睛发亮发绿了。

一件随意的头饰嵌在她的头上流光溢彩。一件普通的衣服套在她的身上鲜活妖娆。一句平常的话语飞出她的朱唇美妙动听。就是一支粗糙的铅笔在她的指间旋转也似乎是风情万种。

她就像一片美丽的冰，晶莹剔透没有杂质，却叫人不能碰触。还有一丝的冷。是的，冷傲，男生们都这样说她。有的女生会私下里说：她知道如何恰到好处地卖弄。

开学不到两个星期，未婚男生们就展开了轮番的追逐大战。那些已婚的男生也是暗地里跃跃欲试摩拳擦掌。

研究生班的学生大多是参加工作以后考研进修来的，学校没有宿舍，都是自己在学校附近合租或单独租房居住。很快，美女冰冰所租的房子被嗅觉灵敏的男生们打听到了。于是就出现了一幕幕花样翻新的求爱场景。

有人把大把大把鲜艳的玫瑰送到冰冰的门口，醉人的花香于是在整个楼道里弥漫。

有人半夜在冰冰楼前弹起吉他扯着忽高忽低的嗓子，于是发烫的情歌在楼前楼后萦绕。

有人干脆把情书写在大纸上贴在冰冰每日经过的楼道，于是夹杂在花花绿绿的广告丛中的情书耀眼夺目。

白热化的求爱大战很快就偃旗息鼓了。

冰冰租房阳台上的一道风景刺伤了许多双渴望的眼睛。

不知道从哪一天开始，冰冰租房的阳台上晾起了男人的衣服。

有时候是一件外套，有时候是一款内衣，有时候就是一条飘忽的领带。风景总在变化。那一件件不同色彩的男人的衬衫或领带像一面面战场上获胜

的旗，在有些硝烟味道的风中飘扬。在周末的上午，那从湿漉漉的衣服上滴落的水珠，沉重地砸疼了楼房周围一双双多情的眼睛。

冰冰谈朋友了。男生们大都这样说。

冰冰有男人了。有的人干脆这样说。

冰冰被人包了。有人在私下里挖苦。

冰冰比以前更加快乐。晚自习之后别人去网吧冲浪去 D 厅蹦跳去大排档消夜，她却小鸟一样飞去了她的窝，一路上还有鸟一样婉转的歌声。她的窗子的灯光往往亮到很晚很晚。

爱情的力量啊。有的同学感叹。

自愿做金钱的奴隶当然快乐——一个被冰冰当面拒绝过的男生当众奚落。

冰冰一笑了之。灿烂的笑依旧在冰冰的眉宇间飞扬。

那天冰冰进教室的时候突然愣了。黑板上有谁用彩色粉笔写满了几个大字：

——冰冰你把自己卖给了谁？

冰冰的眉才皱了一下，忽然又舒展开了。冰冰拿粉笔在那句话的后面刷刷写了几个字——爱与自由无价！

之后，冰冰又若无其事回到座位打开了书本。

有一天下晚自习，班上的帅哥杜朗把冰冰挡在了教室外的走廊上。

杜朗说你不能把自己贱卖了让一朵鲜花插在了牛粪上。冰冰说牛粪对鲜花而言是最富营养的的东西。杜郎说那让我见识一下牛粪的风采吧。冰冰说不行你受不了牛粪的味道的。

冰冰就悄悄一闪躲了过去溜回了租房。

研究生班的情人们像天上的月亮圆圆缺缺，爱恨情愁不时惹出一些纷争。美丽的冰冰却像一块拒绝融化的冰，保持着那份公主一般的独立，始终演绎着租房阳台上那道独特的风景。隔三差五冰冰都要在阳台上小妻子一样幸福地晾晒男人的衣服。那个始终没有露面的男人让冰冰的男同学们嫉妒得咬牙切齿。

两年后的那个火热的七月很快到来了。

毕业前的那个晚会上，轮到以优异成绩拿到毕业证的冰冰做告别演讲。冰冰在感谢了老师同学之后拎出了一个旅行包。在同学们莫名其妙的眼光里，她掏出了一堆衣服。

冰冰说你们不要以为我是在这里搞推销。你们男生中的不少人肯定熟悉这些。它们——这就是两年来反复出现在我的租房阳台上的男人的衣服。它们是我从地摊上讨价还价买来的，总共还不到一百元钱。这些衣服做了我两年的挡箭牌，让我成功地拒绝了很多男生，有了更多的时间投入学业之中。

男生女生都愣了。想不到美丽的冰冰还有这么一手。

冰冰继续用她美妙的嗓音说：现在我告诉对我仍有企图的男生，你们仍然可以追求，但有一个条件——谁会愿意跟我一起回到我的乡村中学去做一个穷教书先生？

会场一时间寂静无声。可是，转瞬之间，齐刷刷竖起了森林般的手臂。

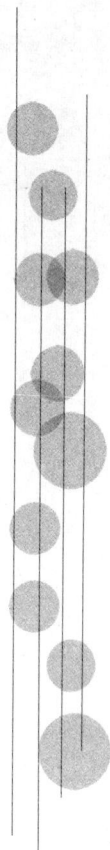

放鞭炮的老人

片警陆刚赶到现场的时候，硝烟的香味还在这座老城旧楼周围萦绕。

仰头看去，四楼阳台上的那个肇事者还倚在那里，若无其事似乎在欣赏落日的余晖。悬鞭炮的细绳在除夕的傍晚若有若无地晃。

报警电话是三楼打的。三楼说他们正在客厅包饺子，楼上的疯老头把一挂鞭炮垂到他们家窗前炸响了，鞭炮的纸屑都飘到他们的饺子馅里了。

陆刚笑了。窗户紧闭，怎么就进了纸屑呢。

陆刚就把放鞭炮的人就近带到了报警点。还倒了一杯热茶。

放鞭炮的是一位年过七旬的老人。

大爷，你知不知道为什么找你来这里？

我放鞭炮。

大爷，你知不知道我们这里规定不许放鞭炮？

鞭炮是我从老家拎来的。

按规定不管从哪儿来的都不许放，放了就违法。

老人就不说话了。陆刚又给老人续了一杯茶。

大爷，天快黑了，今天是除夕，该是吃饺子的时候了，你怎么在这个时候想起来放鞭炮？你家孩子呢？

我儿子昨天从新房子给我送来了一袋子面，还有十斤肉。

对呀，你儿子是让你包饺子，咋就放起了鞭炮？你看家家户户都包饺子了，哪有放鞭炮的。

老人又不说话。

陆刚拿钢笔在纸上记了几行字，忽然把纸一团扔进了纸篓。陆刚搓着手。

这时警长拎了一包东西进来了。陆刚跟到警长屋子去了。后来警长和陆刚走了出来。陆刚手里有一碗热气腾腾的饺子。

大爷，你把这碗饺子吃了就可以回家了。

老人看了一眼警长，又看了一眼陆刚。老人就拿起筷子呼哧呼哧吃起了饺子。饺子汤落到了老人花白的胡子里。

大爷，饺子好吃不。

唔唔。

老人仔仔细细把一碗饺子吃了。

走，大爷，我送你回去。

陆刚又顺着原路把放鞭炮的老人送回了居民区。直到看见四楼的灯亮了才转身离去。

回到屋子，老人先吸了一根烟。后来把一挂鞭炮卷好了，小心锁进了柜子。

老人走进卧室，用手帕一遍遍擦拭着一个镜框。镜框里一个老妪顶着一头花白的头发。老人一边擦镜框嘴里一边咕咕噜噜。

老伴，我吃饱了。我吃上饺子了，吃了一大碗。

老人打了一个嗝。

老伴，我在阳台上放了一挂鞭炮，就吃上饺子了。

老人又打了一个嗝。

老伴，你别愁，我还有一挂鞭炮，明年除夕，我又能吃饺子了……

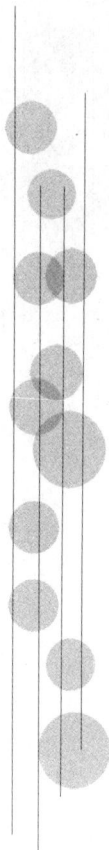

市长擦鞋的新闻

星期天上午，一个报料电话打到了"城市直播"节目摄制组——喂，是电视台"城市直播"吗？我向你们提供一个线索，我看见一个戴墨镜的人正在跟街头一个擦鞋的妇女说话……

那时候摄制组刚好拍完了市区中心的一起车祸，准备回电视台。

接电话的是导演兼摄像小丁。小丁打断对方说你这算新闻吗这不是浪费电话费吗？小丁挂了电话回头对主持人梅子说：又一个逗我们玩儿的人。

话音刚落电话又打过来了。那人很匆忙地说，喂怎么挂电话啦还没有说完呐这个戴墨镜的不是别人是咱们的姜市长啊！他现在已经坐下来了脱了一只鞋了。

小丁一听急忙说你等等你确实看清楚了吗在什么位置？电话里说就在市中心那座市标雕塑前面20米的地方。电话里又说错不了是姜市长，每天本市新闻里都有，我还能看错吗？他已经脱了两只鞋了……

小丁对开车的小王说，快，去中心雕塑那儿，市长在那儿擦鞋！小丁又对主持梅子说：你赶快准备一下，我先拍一个外景，然后你出一个镜头说几句。

小丁拍了一下窗外的街景后就把镜头对准了梅子。

梅子说：各位观众现在是上午9点16分，我现在是在市区中心的采访车里，我和摄像正往市标雕塑赶。我们刚刚得到消息：工作繁忙的姜市长今天微服私访，据说正在街头擦鞋，走，请跟随我们的镜头，过去看一看！

拐过一个街角，本市那座标志性雕塑就进入了视线。小丁一边拍一边说我看见了，镜头里的市长在笑着和那个擦鞋女说话呢。

中心大道正赶上堵车，司机干着急，小丁只好把摄像机搁在车窗上，推拉着镜头一阵猛拍。

两分钟后，看见市长穿上鞋站起了身，小丁急忙对梅子说：市长要走了，走，快下车，跟上！

随后，扛摄像机的小丁和拿话筒的梅子下了采访车，横穿公路又迈过绿化带，追上了已经付完钱继续顺着街铺行走的市长。

小丁示意了梅子一眼，梅子就跟并行的戴墨镜的姜市长打招呼了：你好市长，打扰你了，我们是市电视台的，今天上街采访这么巧就碰上你了！

姜市长一愣，看见前面倒退着走的摄像小丁就明白是怎么回事了。他摘了墨镜，笑着说，呵呵，你们真是消息灵通啊，不过今天你们可就没有采访由头了，我是以一个普通市民的身份出来逛街的，就不要耽误你们的采访了吧。

梅子说，刚才我们看见市长在一个擦鞋女工的摊子前坐下来，并且还擦了鞋，还和女工进行了亲切交谈，我们想知道市长为什么选择和擦鞋女交谈？三八妇女节要到了，市长关心女工，所以微服私访吧？

姜市长一听乐了：呵呵，你们想得太复杂了吧，我难得有这么个没有会议的星期天，想一个人上街随便走一走。刚才看见了街头的这个擦鞋摊子，就坐下来，享受了一把擦鞋服务，你们看，我这双鞋擦得多亮！好了，这不是什么新闻，别拍了，再见！

市长说罢，重新戴上墨镜，大步流星，走了。

小丁冲梅子一伸大拇指：OK，我们再去采访那个擦鞋女去！

看到摄像机和话筒，擦鞋女有些紧张。梅子笑眯眯地说：你刚才给那个戴墨镜的人擦鞋的时候他都说了一些什么，刚才我们看见他跟你说得很开心呀！

擦鞋女说，没说什么，他就是跟我开了一个玩笑。

什么？他跟你开了个玩笑？你知道吗，他是我们的市长！他怎么会跟你开玩笑？梅子有些诧异。

不可能，不可能，你也是跟我开玩笑，市长哪会到街上让我擦鞋呢。你真会说笑话。擦鞋女摇着头嘿嘿地笑。

小丁关了摄像机，说，晚上你看电视就知道了。梅子，咱们撤。

当晚8点，市电视台"城市直播"准时播出。节目的头条就是《微服私访上街擦鞋，市长关心下岗女工》。

主持人梅子激动地说：各位观众，今天上午，"城市直播"节目组在市区采访，发现了这样一个镜头——时逢三八前夕，姜市长戴着墨镜在市区街头微服私访，调研民情市况。当姜市长看到街头摆摊的擦鞋女工，他饶有兴趣地坐下，跟擦鞋女工谈笑风生……当得知这个下岗女工自谋职业并且每个月可以挣六七百元钱时，姜市长笑了。最后，姜市长鼓励她说：你是一个很好的典型，全市的下岗职工都要向你学习，学习你为政府分忧自强不息的精神。最后，市长还对擦鞋女工的工作进行了充分的肯定，市长高兴地对采访的记者说：（市长同期声）你们看，我这双鞋擦得多亮！……

擦鞋女临时租房里，几个擦鞋女挤在一部黑白电视机前。

电视里露了镜头的擦鞋女自言自语：有意思，真有意思，市长擦鞋的时候根本就没说什么，他就是和我开了一个玩笑。

玩笑？什么玩笑？其他几个擦鞋女一齐来挠她。

她的脸红了。犹豫了一下搓着双手说，他挺有意思的，他说我，你的手指好长好白呀……

野猪闯进城市之后

一头有一身红棕色毛发的动物在一个傍晚让一座小城产生了骚动。这头动物坚实的四蹄在街区水泥地上呱嗒有声，它还炫耀似的不时一抖身上红棕色的毛发，大街上的人们便传染了一阵紧似一阵的恐慌。

110报警电话和电视台直播热线电话在第一时间骤然响起。电视台记者一边赶赴事发地点一边开始了语音亢奋的直播：各位观众，根据目击者的举报，在我们市区中心闯进了一头棕色毛发的动物，也就是说极有可能一头狮子造访了我们的城市……

防暴警察也全副武装在第一时间奔赴现场。

事情很快有了眉目：这头红棕色的动物不是什么狮子，而是一头壮硕的野猪，那一嘴突起的獠牙暴露了它的身份。

野猪的出现让人们兴奋又恐慌。随着野猪的左奔又突，大街上的人们顿时像浪潮一样忽聚忽散，哗然一片。市区中心的交通整个瘫痪了。看热闹人流和车流越聚越多。此时正是单位下班和学校放学的高峰，许多只是在书本和电视上见过野猪的学生闻讯后也成群结队赶到市区中心。

接到指令赶到现场的警察开始维护秩序。防暴警察中的狙击手在寻找战机等候命令。120急救车也闪着灯在一边等候。防暴大队长一边汇报一边指挥着现场。

作为专业的防暴大队，对付一头野猪本是拍死一只蚊子或者是拍死一只苍蝇一样容易的事。但此刻面前的这头野猪是混杂在人流之中的，弄不好误伤群众，后果就严重了，必须寻找最佳的射击时机。

终于，这头壮实的野猪被堵在了一个交通护栏的拐角。这是千载难逢的射击时机。几只枪口同时瞄向了目标。

这时候，作为现场总指挥的防暴大队长，他身上的电话响了。

电话是环保局打来的。电话说市区出现野猪太好了！它对全市环保部门来说正是一个活生生的教材。野猪的出现是对抨击我市环保工作不力的最有力的抨击。在全市创建环保模范城市的关键时刻，这头野猪的出现，简直是千载难逢。电话最后恳求：一定要枪下留猪。

教育局的电话紧随而来。教育局说现在正是学校放学的高峰，一只凶狠的野猪出现在闹市区等于是一个随时可能爆炸的火药桶，一旦爆炸后果不堪设想。而且野猪的出现妨碍了交通安全，应当格杀勿论。

射击手在轻声催促：准备就绪，是否开枪？

电话又响了。城市动物园园长打来的。园长说野猪属于国家二级保护动物，不能轻易射杀，而且我们正为没有野猪让市民和游客参观而遗憾，这头野猪的出现简直是雪中送炭。希望能把野猪生擒交给动物园，既能保护又能参观，还可以让它配种繁衍。

一个体老板的电话这时候也凑热闹打进来了。老板说你们开枪打吧为民除害保卫人民生命安全，我愿意高价购买这头野猪。野猪肉是最绿色最营养的肉食，我要在我新开的酒店为广大的食客开一道招牌菜。

电话让防暴大队长犹豫了。

这时候人群又一次骚动起来。那头野猪忽然翻过交通隔离护栏又要往人群里冲。

防暴大队长忽然高喊：奶奶的，射击！

枪就响了。

那头几乎要飞翔的野猪就以飞跃的姿势跌倒在马路的一侧。

市民的欢呼声在那一刻爆发了。

第二天的《城市快报》就在头版配发了大幅照片和新闻。标题是《野猪闯闹市有惊无险　特警除祸害一枪命中》。

防暴大队长正在喝茶读报的时候，一封告状信落到了桌上。告状信是本市某养殖场老板写的。老板陈述：本人日前花高价从 A 市引进一头杂交野猪种猪，初来乍到不习惯环境，撞开栅栏，逃到市区，被防暴大队不分青红皂白枪杀，防暴民警完全可以使用麻醉枪而不应该使用子弹射击致野猪于死地。

防暴大队长当即摔了茶杯：奶奶的，用什么枪是我说了算，我没有用手榴弹轰就不错了。

几天后防暴大队接到了法庭传票。

随后防暴大队长就当了被告。

唇枪舌剑。

结果是防暴大队败诉。败诉的原因是防暴大队处置不当，可以使用麻醉枪而选择子弹射击致野种猪毙命。最后赔偿损失并当庭赔礼道歉。

防暴大队长垂头丧气走出法庭的时候又接到下属一个紧急电话：一头貌似疯狗的狗在市区出现了。电话请求怎么办。

大队长说，这么简单的问题还要打电话。

下属依然不明白。

大队长高声说：奶奶的，让它咬，咬伤了送医院。

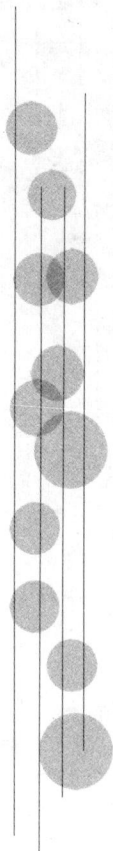

街心花园的现场办公会

小城在一个早晨愤怒了。

有好事者在街心花园那个手托和平鸽的半裸女神雕塑的胸脯上画了两个圆圈，又用"一"字连在一起，远看犹似戴了胸罩，近看却像架着一副眼镜，几分滑稽，几分猥亵。

这座和平女神雕塑是小城的标志。小城每晚电视新闻第一个镜头都是从雕塑开始的。

无数个电话打到了报社电台电视台。于是报社电台电视台相继推出了"谁在给文明城市抹黑"、"玷污城市的黑手"的新闻。第二天，那座掩映在鲜花丛中的女神雕塑成了"焦点"，一群又一群的人潮水般涌向市中心，几乎完全堵塞了交通。

刚刚去省城领回"文明卫生城市"奖牌的市文明委一位主任接到群众举报后吩咐秘书小姜落实此事。

姜秘书琢磨了一阵后打电话给了环保局。环保局说按照"谁建设谁负责"的原则，该去找城建局，因为雕塑是他们立的。

姜秘书打电话给了城建局。城建局说荒唐，我们管设计施工和安装，哪还管除污！给雕塑抹黑涉及环境卫生，当找环卫处。

姜秘书打电话给了环卫处。环卫处说我们管地上躺着的不管立着的，否则满街的乱涂乱画都是我们的责任，我们环卫处也该叫刷墙处了。再说这雕塑在花园中间，明摆着该找园林局。

姜秘书又把电话打到了园林局。园林局长吞吞吐吐说，这事似乎不归我们管吧，园林局只管种花栽草。再说这事似乎不那么简单吧，得追究损坏雕塑的肇事者的责任，我看还是请公安局鉴定一下痕迹再说吧。

园林局长的话提醒了姜秘书，他随即拨公安局，电话老占线。最后终于接通了。电话那头一位局长火了，扯着嗓门儿说好几个案子压得喘不过气来，谁他妈闲得没事扯上了公安局！骂完后摔了电话。

事情陷入了僵局。随后几天，小城的大街小巷仍然充盈着雕塑的新闻。

"雕塑事件"终于惊动了一位回来考察的分管城建的副市长。各部门很快接到了会议通知：市长要在街心花园召开现场办公会。

那天上午阳光灿烂。各部门的头头脑脑和新闻记者以及群众数百人涌到了街心花园。

市长准时来了。市长严肃的脸上甚至有些痛苦。

记者们纷纷打开了相机镜头。头头脑脑们从手提包里拿出了笔记本拧开了笔帽儿。

市长扫了一眼黑压压的人群，一言不语转身小心翼翼又快捷地迈进花坛，走到那座雕塑跟前，掏出一块洁白的手帕，稍稍踮起脚尖用手擦了几下，那女神胸脯上的墨迹消失了。

和平女神又恢复了她的光彩。

市长很快又回到人群中，低头钻进一直没有熄火的轿车，哐的一声关上车门，走了。

为一头猪着想的人

从一开始坐到酒桌上我就不喜欢那个人。那个小伙子。

平时我不是一个爱挑剔的人，喜欢睁一只眼闭一只眼。但今天不一样，因为我的角色很特别。今天我必须睁大眼睛，我必须挑剔，用我们老家的话说，要鸡蛋里挑出骨头来豆腐里挖出黄豆来。

我把妹妹的女儿小翠带到我们这个城市已经好几年了。一个黄毛丫头不知不觉就到了谈婚论嫁的年龄，不久前就恋爱了。老家的妹妹打电话说，我离你那儿八竿子打不着，你得找个时间帮我看看那小伙子，娘舅娘舅，别光想着喝酒吃肉，你可别看走了眼啊。我对妹妹说，男人看男人，一看一个准儿，放心吧。

今天，就约着在酒店见个面，替妹妹看女婿。

落座以后妹妹的女儿小翠对小伙子说叫舅舅。小伙子就鹦鹉学舌一样叫了一声。小翠接着说，今天你请舅舅，可得埋单。小伙子说，好。我故意客气一下，我说你们那几个工资还请客，只能吃碗面条吧，算了，我来吧。

我说这话是试探，随口说的，看看小伙子的反应，是不是大方，潇洒。结果——小伙子屁也没放一个，默许了。你说你不是太实在了吗，我一说你钱少，你还真不吭声了。再说你真的一拍胸脯说请客，我还真要你掏钱吗。

小伙子给我的感觉就是，小气，老实，嘴笨，脑子不转弯。

接下来我开始噼里啪啦点菜，点到一半的时候小伙子说话。小伙子说我们就三个人，吃不了这么多，多了就是浪费。

我本来就有点生气了，现在，我自己掏腰包，不花你的银子，你心疼什么？再说，我这个当舅舅的，就是要给你树一个大老爷们的样子。我不顾小伙子的阻拦，点到最后，我高声问服务员：本店还有什么特色菜？最贵的？

服务员立即一迭声地说，有有有，野山鸡炖板栗，我们老板说是正宗的野货，别人偷着送来的，下酒最好了。服务员那种急切，就好像这野山鸡转眼要飞走似的。

这时候小伙子好奇地问：什么是野山鸡啊？

小翠说你真笨，就是山里到处飞的野鸡。

小伙子说我知道了，就是学名叫雉的。小伙子抬头很认真地对服务员说：这个菜不能要，你们怎么可以把野生动物当菜肴呢，这可是被保护的。

我有些不耐烦了。你不掏腰包还挺挑剔的。我一挥手：要！

我用余光看小伙子，那张本来白净的脸憋得有些红了，小翠在一边使劲地撞他的胳膊。我装作没看见。

菜很快就陆续上来了。

我大块大块地吃肉，大口大口地喝酒，享受着美味佳肴。等那一盘野鸡炖板栗上来的时候，我先尝了一块，一股又膻又香的味道扑面而来。不错，绝对正宗的野鸡，而不是家养或人工繁殖的。醉意中我发现，在我大快朵颐的时候，小伙子自始至终没有动那盘菜一筷子。

古板，死脑筋，一根筋，钻牛角尖，假正经。一时间，一个个词语蹦进了我的脑子里，小翠也看出了我的不满意，尴尬地赔着笑脸，不时地做几个鬼脸。

离开餐桌的时候我醉得差不多了。我已经打定了主意：我要举"反对牌"，小伙子没有通过我的考察。我要充分行使娘舅的职权：反对他们继续交往。

离开餐桌才走了两步，我听见了小伙子跟服务员的对话。

小伙子说服务员你不能把牙签和剩下的饭菜装在一起。

服务员似乎不高兴：你怎么那么多的事，怎么收拾桌子是我的事。

我又走回到桌子旁边，喝多了酒的人对什么都感兴趣。

我说怎么回事？小伙子说你看她把剩下的饭菜还有我们刚才用过的牙签都装一起了。我一看，服务员没有错啊，收拾剩下的乱七八糟的东西不就得装在一起吗。我说走，你又没喝多酒，咋莫名其妙管起这事来了呢。小翠也拽起小伙子的胳膊往外走。

小伙子挣脱了，有些不依不饶，他认真地问服务员：你们这些东西都怎么处理？服务员翻了一个白眼：给别人喂猪呗。小伙子说你没替猪考虑考虑，这些带尖的牙签吃进去，不得扎破肠胃？

服务员忽然沉默了，接着从混在一起的盘子里挑出一根根牙签来。

服务员笑着说：大哥，你是属猪的吧。

小伙子说不管属什么的但我们的心都是肉长的。

我们就出来了。就走到外面来了。分手的时候小翠撒娇地抱着我把嘴冲着我的耳朵问：舅，你表个态他怎么样你怎么跟我妈说呀？

我板着脸说傻丫头这还用问嘛。我故意卖起了关子。

你说嘛。小翠继续撒娇似乎有些紧张。

我说死丫头一个能为一头猪着想的人对他未来的老婆还能差吗。